LES DÉVIANTES

CAPUCINE DELATTRE

LES DÉVIANTES

roman

POINTILLÉS Belfond

Belfond | un département **place des éditeurs**

place
des
éditeurs

Pour Inès et Alexis,
pour tout ce que je leur ai promis

I

DEDANS

Anastasia

L'appartement résonne d'une vibration pâle, creuse, oppressante, comme un bourdon en chute libre.

Elle aurait aimé paresser au lit, c'est tout ce qu'il lui reste, comme privilège.

Dommage pour elle, une nausée spontanée est venue l'arracher à ses draps.

Alors elle s'est exécutée, tout droit lancée dans son rituel quotidien de salut au soleil face à la cuvette des toilettes.

Elle n'écoutait jamais la radio, avant.

Il y avait déjà trop de voix dans sa tête pour ça.

Désormais, c'est son seul rempart face au silence.

Le ton dépouillé, posé et policé du présentateur.

Les jingles guillerets, une joie d'apparat, une légèreté oubliée.

Les nouvelles sordides qui l'enveloppent de la certitude douce-amère que certaines existences accomplissent l'exploit d'être encore plus sinistres que la sienne.

Elle ne prenait jamais de petit déjeuner non plus.

Ça rendait sa mère dingue, ça intriguait ses copains, ça faisait résonner son estomac tout au long de la matinée d'une symphonie affamée.

Elle n'y pouvait rien.

Le matin, elle ne pouvait rien.

À la réflexion, ses matins existaient à peine, toujours engouffrés dans la hâte paniquée d'arriver à l'heure, si ce n'est en avance, là où sa vraie vie l'attendait.

Dans sa vie d'avant, elle aurait dû partir il y a longtemps déjà.

Aujourd'hui, elle a le temps.

Ce n'est pas comme si elle avait où aller.

La maladie a vidangé sa vie de toute forme d'obligation.

Elle devrait bouger, sortir, prétendre, par hygiène.

Par décence.

Par respect pour celle qu'elle a été et qu'elle redoute de ne jamais pouvoir redevenir.

Pour ne pas oublier qu'autrefois, il y a encore quelques semaines, elle aussi avait des itinéraires et des métros en retard et des rendez-vous à organiser et des conversations à alimenter, elle aussi avait une existence digne d'être constatée, elle aussi savait se tenir et fonçait dans le tas.

Elle le voulait, au départ.

Être la bonne malade, celle qui inspire l'admiration, celle sur laquelle le mot « abnégation » semble s'être gravé avec férocité, celle qui ne bronche pas et s'endurcit, celle qui gobe les plaquettes de médicaments et tend son bras pour la perfusion avec un sourire par-dessus le marché, celle qui sait que c'est pour son bien tout ça et qui ne s'en plaint pas, ou alors juste un peu, juste assez pour paraître humaine et ne pas intimider, parce que personne ne voudrait d'une malade bizarre ou agressive, personne ne voudrait de quelqu'un d'imperméable à sa propre souffrance physique.

Elle voulait être la malade juste comme il faut, avec de rares moments d'abattement purgés convenablement auprès de ses proches encourageants, pour laisser place à de longues plages de lutte noble et vaillante.

Tu parles.

Elle a essayé, cela dit.

Sortir.

Elle n'y arrive presque plus.

Il faut dire qu'elle n'est plus entraînée.

La dernière fois qu'elle avait eu devant elle des journées entières sans la moindre tâche à accomplir ni sollicitation à laquelle répondre, c'était pendant ses études, quand son travail était encore fini, délimité, et que venait un moment où elle ne pouvait plus décemment prétendre qu'il lui fallait encore bosser.

Elle se rappelle vaguement avoir passé du temps dans des expos, sans trop y croire, ou sur un bout de quai de Seine, un roman à la main, agacée de tout et distraite pour un rien, ou encore à voguer dans des rues baignées d'un parfum d'urine qui la poussaient à se réfugier dans des cafés hors de prix où elle se faisait draguer par des vieux dans un coin.

Aujourd'hui, elle n'a plus que des heures vides et terrifiantes, des heures à combler de toutes ses forces pour oublier que davantage encore guette, que ce n'est que le début, que rien n'a plus de sens désormais et qu'elle n'est plus bonne qu'à attendre un sort sur lequel elle n'a aucune sorte de contrôle.

Elle a tout fait pour rester occupée, jusqu'à un certain point.

Elle est allée dans des parcs, elle a pris le métro, lu des magazines et pris une carte de cinéma, parce qu'au musée elle s'ennuie comme un rat mort et qu'elle se refuse à imposer son visage démonté à qui que ce soit.

Elle a quand même un minimum de compassion, personne n'a envie de se taper deux heures avec un déchet cancéreux.

Le métro.

Ça, pourtant, elle a l'habitude.

Elle ne s'attendait pas à ce qu'il change de visage.

Pas à ce point.

Les trajets en métro sont toujours moins longs quand on connaît leur destination.

La ligne défile, le compte à rebours s'enclenche, l'extérieur se brouille pour ne laisser distincts qu'un écran de téléphone, une liste mentale de tâches à accomplir, la respiration bruyante du voisin et les tremblements du wagon à la ramasse.

Quand on dérive, c'est différent.

L'angoisse d'être démasquée par les vraies gens, ceux qui ne sont pas là pour rien, ceux qui ont des sacs bourrés de dossiers, des valises empesées de souvenirs, des billets à composter et des réunions auxquelles s'assoupir.

Soupirer de concert avec les passagers lorsque la rame s'arrête, comme si c'était vraiment un problème et qu'on risquait d'être en retard.

Prendre l'air concerné lorsque le haut-parleur annonce l'approche d'une station parmi d'autres, choisie au hasard, dans l'impulsion de l'instant, parce que pourquoi pas, et surtout parce qu'il faudra bien finir par quitter le cocon humide et aveuglant de la rame anonyme.

Rejoindre le quai.

Se laisser distancer, parce qu'on est lessivée par les médicaments au point de devoir interrompre sa course et suivre des yeux le troupeau des vraies gens qui s'affolent au rythme effréné qui était le sien autrefois.

Elle les appelle comme ça, maintenant.

Les vraies gens.

Les entiers.

Les intègres.

Ceux que l'on ne remarque pas, ceux qui ne brillent que chez eux, dans le cadre de leur intimité préservée, ou dans un open space, auréolés de performances dont elle n'est plus capable depuis des mois déjà.

Ceux qui ne se doutent même pas qu'il pourrait en être autrement.

Ceux qui savent bien que oui, bien sûr, un jour ils seront vieux et diminués, et que la fumée de clope qu'ils avalent religieusement toutes les demi-heures finira par leur boursoufler les poumons d'un joli cancer contemporain, mais qui, au fond, n'en ont aucune idée véritable.

Les vaniteux.

Les naïfs.

Les chanceux.

Elle ne les méprise pas.

Elle a fait partie d'eux.

Elle était pire qu'eux.

Le port de tête altier, la queue-de-cheval haute, l'air poliment pincé de dégoût face aux silhouettes qui se dérobaient à ses standards minimum en matière d'apparence physique, la main vernie crispée autour de la lanière d'un sac trop rempli pour qu'elle ait conscience de l'intégralité de son contenu, les talons qui claquent et le sourire qui craque à force d'avoir été remisé dans un coin.

Elle était belle, elle le savait.

Heureuse aussi, presque.

C'est peut-être pour ça qu'elle n'arrive plus à pousser sa porte.

Errer, ça demande du courage.

Chaque pas perdu vient frapper un peu plus dans ses lambeaux de motivation, dans le rappel constant qu'elle n'est attendue nulle part et qu'elle ne manquera à personne en dehors de ses médecins, qui auraient encore pu se faire la main sur son cas.

Chaque virage comme une petite torture, une démangeaison agaçante qui lui rappelle que peu importe où elle finira par choisir de se rendre, ça ne changera rien à la vie de qui que ce soit, si ce n'est du passant qui devra s'écarter d'elle en soufflant et supporter la démarche pataude de sa silhouette bouffie de produits tératogènes à faire frémir les biochimistes les plus aguerris.

Très vite, le renoncement.

Son monde se réduit à vitesse grand V.

Au début, quand ça ne faisait que quelques jours encore, quand elle n'avait pas commencé à voir son corps accuser le coup, quand ses cheveux ondoyaient sagement sur ses épaules, brillants et soyeux, elle parvenait à imaginer des expéditions plus lointaines, des destinations étonnantes, des quartiers à découvrir, des détours inattendus.

Maintenant que les cheveux ne tombent plus par moments mais par poignées, que son dos se voûte et que la chimio se fait fossoyeuse de larges tombes obscures autour de ses yeux, que ses ongles cassent et qu'elle a renoncé à toute emprise sur le cours des choses, il n'y a guère plus que son quartier qui lui reste supportable.

Cinq, six rues au maximum, éparpillées autour de son immeuble, quelques dizaines de trajectoires possibles, dont deux ou trois qui nécessitent de brusques demi-tours, le genre de mouvement absurde qui révèle immédiatement le désœuvrement du marcheur, son anomalie, son inutilité aux yeux des passants qui, eux, filent droit.

Alors forcément, elle sort de moins en moins.

Elle n'ose plus grand-chose.

C'est bien pire depuis qu'elle a redécouvert tous les outils inventés par le monde moderne pour lui éviter d'avoir à se confronter à autrui.

Les livraisons à domicile, les procédures dématérialisées, les envois électroniques.

C'est assez magique.

Tout peut se faire en dehors de l'enveloppe de chair, dans des signaux désincarnés de sa présence lointaine, par confirmations abstraites et deals négociés sans la moindre tonalité partagée.

Elle savait que ça existait, bien sûr, elle a vécu, quand même, mais jamais elle ne s'était vautrée dedans à ce point.

Jamais elle n'avait réalisé combien vivre en communauté est désormais une option.

Maintenant, elle y est, bien profond, jusqu'au cou même.

L'un des livreurs revient souvent.

Elle le soupçonne de faire exprès.

Elle se fait sans doute juste des films.

Elle l'aime bien.

Il a le visage rond, trop tendre pour son âge.

Il connaît son prénom, bien sûr, il est écrit sur tous ses colis et ses paquets.

Anastasia.

Un patronyme de princesse russe, d'héroïne maudite, comme si ses parents avaient voulu la pousser dès la naissance à être autre chose que l'adolescente raisonnable qu'elle s'est avérée devenir.

Au fond, il lui va bien, ce prénom.

Un peu démesuré, un peu ridicule pour quelqu'un qui n'a pas une goutte de sang slave dans les veines, mais doux, sonore, animé d'une foule d'images vibrantes et romanesques.

Elle espère que le livreur s'y est attaché autant qu'elle.

Elle n'a aucune idée du sien.

Elle aimerait bien qu'il s'appelle Romain.

Ou Nicolas.

Va savoir pourquoi.

C'est doux, c'est commun, c'est rassurant.

Elle aimerait aimer un Nicolas.

Il a envie de lui parler, ça le démange, c'est visible.

Il s'attarde à chaque fois plus longtemps.

Un petit sourire à mi-chemin entre le strictement professionnel et l'ambiguïté de la séduction, un ongle qui gratte, trois secondes de latence avant qu'elle ne vienne doucement refermer la porte pour retourner se réfugier dans son sas de décompression de 35 mètres carrés.

Elle l'y autorisera peut-être, un jour.

Ce sera son dernier recours.

Si elle sent que c'est la fin, pas forcément de sa vie, mais la fin de sa capacité à aller au-delà, à se faire violence, à se confronter à l'autre.

Avec lui, même au fond du fond, ça restera possible.

Elle n'aura pas à faire grand-chose, juste un geste, un aval, un hochement de tête.

Il viendra.

Elle le prendra dans ses bras, ce sera sa dernière étreinte, son dernier aveu du besoin avide qu'elle a de communion, de peau chaude et vibrante, de vibrations étrangères plaquées contre les siennes.

Elle le laissera repartir ensuite, sans rien ajouter.

Et elle remontera la pente.

Elle le lui aura promis en silence.

C'est sa version du preux chevalier.

Un guerrier en gilet orange fluo et à la casquette mal vissée.

Elle n'a jamais été très forte en drague.

Elle préférait qu'on vienne à elle, qu'on la supplie presque, que les mains se collent contre son corps, suppliantes, dans l'attente de sa décision finale, tandis qu'elle renversait la tête en arrière, le temps de se demander si elle acceptait de faire don d'elle-même.

Il n'est plus question de ça aujourd'hui.

Elle n'a plus le temps de laisser mariner, de n'être que la confirmation de ce que d'autres auront bâti à partir de fantasmes et d'attentes.

Ça, c'est la première chose que lui a apprise la maladie.

Lorsque le temps viendra à manquer, il n'y aura plus qu'elle pour lui conférer la saveur nécessaire.

C'était amer comme réflexion, la première fois.

Aujourd'hui, c'est une libération.

*

Parfois, il reste encore un peu de douceur.

Il faut bien y regarder pour le remarquer, mais elle est là, elle survit, elle s'accroche, elle se laisse étouffer par les grands élans lyriques de la souffrance, bien sûr, mais elle parvient de temps en temps à se manifester.

Elle prend des formes tendres et discrètes, petit fantôme vaporeux aux contours souvent indiscernables.

Dans un reflet de soleil qui danse sur le tapis de son salon.

Dans les volutes onctueuses d'une tasse de thé posée près d'elle.

Dans le message inopiné d'une connaissance oubliée.

C'est rare, mais ça arrive.

Elle s'en laisse submerger, déborder, elle en oublie parfois qu'elle ne risque rien à s'abandonner à son propre plaisir tranquille.

Elle oublie qu'elle a le droit d'être, simplement.

L'espace de quelques heures, elle met de côté le froid, la solitude, l'intranquillité et la cadence mécanique du temps qui se désarticule tout autour de son ennui.

Pour un simple rayon de soleil, la promesse d'un thé ou une présence éloignée, elle se sent exister.

Elle redevient vivante, perfusée d'une infinité de sensations terrestres, habitée par son corps, perdue dans tout un réseau de contacts et de plaisirs dont elle se croyait privée.

Le monde l'atteint à nouveau.

Les couches de ressentiment accumulées dans sa poitrine s'allègent, bâillent à peine, laissant entrevoir de nouvelles poches de lumière.

Ses mains reposent, tranquilles, délestées de leurs tics nerveux, la peau pâle, sans être suspecte non plus.

Elles sont devenues la partie d'elle-même qui présente le mieux.

À les voir, personne ne devinerait la nature du mal qui la ronge.

Ce sont d'honnêtes mains de femme, pas forcément impeccables, les ongles un peu cassants, les veines un peu saillantes, mais sereines, stables, pures.

Rien à voir avec le champ de bataille qu'est devenu son visage.

Elle aime se raccrocher à leur vision constante, inchangée malgré les semaines de traitement, à leur normalité.

Ce sont des mains qu'on a envie de serrer, des mains encore capables de caresser, d'éprouver, de pétrir.

Des mains comme autant de pansements à appliquer sur les zones meurtries de son corps, des mains cache-misère.

Des mains qui l'aident à faire le deuil du reste.

*

Le diagnostic s'était invité dans sa vie un mercredi après-midi, dans un cabinet interchangeable d'oncologues semi-depressifs.

Il n'y a sans doute pas de bonne façon d'annoncer à quelqu'un qu'il va mourir.

Il doit bien y en avoir de moins pires que d'autres, cela dit.

Celle que le docteur Duteuil avait choisie figure dans le bas du classement.

Enfin, il ne lui avait pas tout à fait dit qu'elle allait mourir.

Elle exagère.

Elle a un côté romanesque.

Mais deux chances sur trois, c'est quand même pas mal, pour une condamnée.

C'est un début.

Une médaille de bronze, un peut mieux faire.

Ça n'a pas la classe d'un cancer du pancréas, d'un visage de cire, de mains aux jointures si crispées qu'elles n'en paraissent même plus blanchâtres mais bien jaunes, de poignets tordus, d'ordonnances qui demeurent vierges parce qu'à quoi bon, de pauvres soins qui n'ont même plus la force de s'appeler traitements, de décomptes réalistes et moribonds, de dernières fois conscientes, de regards pathétiques et de peurs de contagion dont la violence n'a d'égale que l'irrationalité.

Une condamnée qu'on se réserve la possibilité de soulager, mais à trente-trois pour cent seulement.

Une statistique perdue dans un océan de marasmes biologiquement implacables.

C'est elle, maintenant.

Il lui avait parlé, un flot de borborygmes médicaux dans lequel elle s'était plu à retrouver des récurrences, des harmonies, des rythmiques.

Tous ces mots en *-ose*, en *-ite*, en *-ome*, comme un poème macabre tout droit surgi de l'esprit torturé d'un symboliste en fin de carrière, toutes ces idées saugrenues de traitements inédits, ces expérimentations, ces espoirs mal calibrés agités sous son nez pour la convaincre d'adhérer à la fiction de sa guérison.

Elle avait hoché la tête, gentiment, sans rien dire, à peine un soubresaut de surprise à l'annonce du fameux mot.

Elle ne s'y attendait pas, pourtant.

C'est une rationnelle.

Et rationnellement, on n'a pas de cancer à trente ans.

Avant de voir Duteuil, elle avait retourné Internet, son grand ami, qui lui avait répété des chiffres rassurants, parlé d'innombrables cas de tumeurs bénignes.

Une boule au sein, neuf fois sur dix, ce n'était rien, assuraient les forums pseudo-médicaux.

C'est ce qu'elle psalmodiait sur le chemin.

Duteuil n'allait lui apporter qu'une simple confirmation de ce qu'elle savait déjà.

Tout irait bien.

Elle était trop fatiguée pour se forcer à appréhender le pire.

À la fin de son laïus, Duteuil l'avait considérée un instant comme un petit chien mouillé et apeuré dans le caniveau.

— Est-ce que vous avez des questions ?

Le pire, c'est qu'il était gentil.

Elle avait haussé les épaules, marmonné oui, enfin non, pas trop, je sais pas, ça devrait aller.

— De toute façon, je vous ai tout écrit là-dessus, vous m'appelez quand vous voulez, et vous avez déjà rendez-vous avec ma consœur qui vous expliquera tout le reste bien mieux que moi.

Oui, oui, sans doute.

Ç'aurait été drôle s'il avait eu à lui demander à payer, si ça n'avait pas été à sa secrétaire de s'en charger.

« Vous avez une saloperie de cancer, ça fera soixante-cinq euros, par carte ou en espèces ? »

Non, au lieu de ça, il l'avait guidée gentiment jusqu'à la sortie, allez hop, ça part tout ça, hors de mon bureau, en attendant la prochaine carcasse cancéreuse.

Pardon.

Le tact et elle, ça n'a jamais été un mariage heureux.

En une demi-heure, c'était plié.

Quand elle était sortie, le monde était tristement banal.

À lui arracher une larme de frustration.

Pour le pire jour de sa vie, elle aurait au moins voulu avoir droit à un décor de film.

Un froid de gueux, une nuit asphyxiante, une chape de plomb coulée sur les toits acérés d'une ville hostile.

Un ciel ouvert dans un cri beuglant d'orage, un torrent d'eau grise et glacée, la haine anonyme dans les yeux écarquillés des passants accablés par une nouvelle journée insignifiante.

En toile de fond, un attentat sordide qui aurait fait retentir les ondes radio de ses calamités, que l'univers soit ébranlé, lui aussi, peu importe comment, que la souffrance s'aplanisse, que la justice karmique choisisse son moment pour s'appliquer, que sa pauvre histoire médicale puisse trouver un beau parallèle métaphorique avec l'état d'un monde brisé.

Une harmonie maladive, en quelque sorte.

Que tout lui nuise et conspire à lui nuire, que sa plaie fasse sens, que personne ne puisse la remarquer dans un décor croulant de noirceur.

Au lieu de ça, elle n'a eu droit qu'aux banalités affligeantes d'un quotidien inchangé.

Un après-midi blafard, insipide, comme un médicament au goût neutre et aseptisé, bien plus écœurant que s'il avait assumé un parfum objectivement infect.

L'illusion de la normalité.

Elle avait été larguée dans la rue à trois heures, quatre maigres feuilles saumon plaquées contre la poitrine et censées constituer son dossier médical flambant neuf, même plus l'attention du médecin pour la bercer.

Plus l'ombre d'un semblant de tâche à accomplir.

Elle avait fait ce que font les gens dans les films quand ça ne va pas, aller au cinéma, confondre son destin avec ceux d'individus sans existence.

Elle s'était engouffrée dans le premier cinéma venu.

Elle avait marqué un arrêt en entrant dans la salle.

Pas encore tout à fait l'obscurité, mais un curieux entre-deux qui laissait aux spectateurs le temps de s'installer sous la lumière laiteuse d'une bande-annonce inédite.

La population des cinémas en milieu d'après-midi avait toujours été sa préférée.

Une étudiante, ou quelque chose dans ces eaux-là, toute une délégation du troisième âge, un homme concentré dont on n'aurait su dire s'il était là par désœuvrement ou par passion, sept rangées au moins de sièges rouges désertés et accueillants.

Elle s'était installée au deuxième rang.

C'était son premier jour de sursis.

Ses débuts comme passagère clandestine à bord du grand convoi placide de la vie des vraies gens.

Ses derniers réflexes d'à peu près intégrée, son chant du cygne, son ultime révérence avant la fin de la tournée.

Le temps que les révélations décantent.

Le temps que les obstinations déchantent.

*

Après ça, elle était rentrée chez elle, dans son appartement encore désert.

Louis allait la rejoindre, ce soir-là.

Il ne se doutait de rien.

Elle ne lui avait pas parlé de la boule, ni des rendez-vous, des soupçons, de la biopsie.

Au moins, on la lui avait détectée, son anomalie.

Sa saloperie.

On allait s'occuper d'elle, maintenant.
Il n'y avait plus qu'à se laisser porter.
Oui, ç'aurait pu être pire.

Elle avait fait quelques pas dans sa cuisine, les cheveux en bataille, le chemisier froissé, jusqu'à arriver au niveau de la fenêtre, pour y contempler les lueurs fantomatiques de la ville somnambule.

Paris se morfondait, elle aussi.

Paris partageait avec elle l'absurdité de cette soirée.

C'était la première soirée contre la montre, la première soirée à laquelle elle aurait conscience d'avoir survécu contre toute attente, la première soirée dont elle savait désormais que la plupart des pronostics estimaient qu'il s'agissait de l'une des dernières.

Dernières centaines, dizaines, peu importe.

Savoir qu'on mourra d'ici deux ans ou deux mois, c'est plus ou moins la même chose.

Ça n'a que des conséquences administratives, ça fait plus ou moins pleurer les proches.

Mais intérieurement, ça ne change rien.

C'est le même vide, la même stupéfaction bancale, la même révolte stupide, le même déni immature.

Une chute qui n'en finit pas de se précipiter.

Une colère qui se nourrit de sa propre absurdité.

La conscience, pour la première fois, qu'on a perdu le privilège d'avoir la vie devant soi.

Soudain, les objectifs passent à la trappe, les étapes accomplies deviennent des fins en elles-mêmes, les situations temporaires des stades ultimes.

Ce dont on s'est satisfait faute de mieux ne saurait plus être amélioré, ce qu'on espérait poursuivre prend la forme d'une chimère pétrie d'amertume.

Rien ne sert plus de se presser, de toute façon, on n'y arrivera plus.

Les économies suffiront à tout couvrir, maintenant, alors pourquoi se décarcasser pour mieux faire ?

On a déjà atteint son acmé.

On ne s'y attendait pas.

Toute la vie, on nous a vendu la jeunesse comme la première des qualités, la plus précieuse des richesses, une chance inouïe dont on s'est gargarisé comme le gamin ignare que l'on était et qu'on s'imaginait rester pour encore un sacré bout de temps.

On n'avait aucune idée de combien ça pouvait aller vite.

Pour elle, c'était fini.

Pour elle, c'était l'hiver.

Ce soir-là, c'était le premier de ses lendemains comptés.

Le premier dîner en tête à tête avec sa propre disparition.

Maintenant, elle savait.

C'était déjà ça.

Elle allait pouvoir agir.

Il lui restait des semaines, des mois peut-être, des traitements, des espoirs.

Il lui restait même la possibilité de s'en sortir.

Elle ignorait simplement à quoi pourrait ressembler une vie au-delà de la mort attendue.

Et comment dire à Louis qu'il avait désormais deux chances sur trois de devoir cocher la case « veuf » d'ici quelques mois.

Elle n'avait pas de réponses.

Rien qu'une fin de journée à combler.

Elle avait deviné son profil assombri sur la vitre fraîche, la ligne de son cou, de ses épaules, de sa mâchoire, s'était abandonnée un instant à ce petit jeu vertigineux, celui où l'on se fixe dans un miroir jusqu'à ne plus se reconnaître, jusqu'à perdre conscience de soi.

On appelle ça la déréalisation.

Déréaliser ce qu'on a accompli, construit, fixé.

Un instant, perdre tout acquis, repartir de nulle part, se détacher de sa propre identité pour redevenir nul, vierge, une simple petite voix stupéfaite par son environnement.

Ça y était, elle se fixait l'air béat et hagard, sans avoir la moindre idée de qui elle pouvait bien être, à la redécouverte de son visage comme si elle ne l'avait jamais vu auparavant, dans l'interrogatoire fasciné du moindre frémissement de ses traits, dans la séduction presque, avec l'angle mutin de sa mâchoire tournée vers l'extérieur, oblique, curieuse, dans une appréhension ravie et intimidée, dans le défi de se découvrir elle-même.

Plus lucide que jamais, presque divine, à scruter le moindre détail, à s'arracher à l'habitude qui brouillait d'ordinaire ses sens, à goûter de nouveau à l'extase de la surprise.

La surprise de vivre.

Et alors qu'elle se sentait dévaler avec un frisson la pente glissante de la rationalité, alors qu'il ne s'en fallait plus que de quelques secondes pour qu'elle bascule dans une transe délicieuse, la porte d'entrée s'était refermée avec fracas, et tout son édifice de concentration s'était effondré.

— Chérie ? avait lancé une voix dans le séjour.

Elle avait fait volte-face, le cœur soudain battant à tout rompre.

— Je suis là, avait-elle répondu précipitamment, comme prise en flagrant délit.

Elle avait passé une main dans ses cheveux et une autre sur son haut, toute à l'urgence d'effacer cet instant d'égarement, ces quelques secondes hors du temps.

Il avançait déjà dans la pénombre de la cuisine, avec ce qu'elle devinait être son grand sourire.

— Il fait noir comme dans un four ici ! s'était-il esclaffé. Tu permets que j'allume ou ça va briser ton élan emo ?

— Non non, vas-y.

La lumière agressive lui avait fait prendre conscience du ridicule de la situation : elle, débraillée, au fond de la pièce comme une proie apeurée, lui, propret, surpris, presque goguenard.

Elle s'était avancée vers lui et jetée dans ses bras, cramponnée à son étreinte comme elle le faisait à chaque fois, imprégnée de sa présence, ivre presque, sans réfléchir ni avant ni pendant ni après à la portée de son geste, mue par un instinct d'autoconservation.

— Tu m'as manqué, avait-elle soufflé.

— Les retrouvailles avec toi, c'est épique, avait-il commenté, amusé.

Elle avait rejoint le comptoir, commencé à remplir une casserole d'eau.

Si tu veux que je sois moins sur les nerfs, tu n'as qu'à venir plus souvent.

Mais elle ne pouvait pas dire ça.

— Tu m'as manqué, c'est tout.

*

— Ç'a été, ta journée ?

Elle avait relevé la tête.

Ça ne lui ressemblait pas, de poser une question pareille.

S'il y avait bien quelque chose qu'il méprisait avec hargne et morgue, c'était la routine, les conversations pour meubler, les rituels quotidiens.

— J'ai pas fait grand-chose, je suis toujours sur le dossier Vallaud, mais ça rame, personne ne m'aide, alors je me mets un peu en pilote automatique et... Enfin, je vais y arriver, là je suis juste dans une mauvaise passe.

— Mais tu t'en sors ? T'es dans les temps ?

— Oh, oui, enfin ça va, mais j'ai pris du retard...

Il l'avait dévisagée avec un regard qu'elle n'était pas parvenue à déchiffrer.

Un regard dans lequel se bousculaient sollicitude, agacement et tendresse.

— Pourquoi t'y tiens autant ?

Ah, on y était.

C'était ça, le but de la question en l'air.

Elle avait reposé sa fourchette contre son assiette, fixé la lampe face à elle pour se donner une contenance, avant de lâcher :

— C'est l'aboutissement de mois et de mois de collaboration, dans un domaine extrêmement dynamique, qui va faire rayonner l'entreprise sur tout le marché. Les retombées sont énormes, en termes de réputation, de chiffre d'affaires, d'image de marque, c'est crucial. Ça va me donner des opportunités uniques, peut-être même une promotion, tout le monde compte sur moi, et il est hors de question que je déçoive qui que ce soit.

— Ça, c'est le discours de tes boss. Toi, pourquoi tu t'y accroches ?

— Où tu veux en venir ? Ça te fait plaisir de démonter ce que je fais, c'est ça ?

— Tu veux la vérité ?

Elle avait jeté sur lui un regard brûlant.

Ouais. Ouais je la veux.

— Tu la détestes, cette boîte, elle t'emmerde, ce que tu fais, tu t'en contrefous, rien de ce que tu conclus ne sera retenu, ou alors seulement par trois vieux croulants qui n'aiment rien tant que s'autocongratuler de former des petites marionnettes, ton travail ne sert à personne, et, très honnêtement, je doute de l'utilité en général de ta boîte, de tout ce milieu-là même, le consulting, le rebranding, le conseil, tout ce que tu veux, tout ça c'est une vaste arnaque créée par la classe supérieure pour se maintenir à flot et faire comme si elle apportait une valeur ajoutée à la société. T'es tombée là-dedans, à pieds joints, tu t'y es vautrée même, et je pensais honnêtement que t'aurais la présence d'esprit de t'en extirper à temps, mais tu n'arrêtes pas de t'enfoncer, et ça me fatigue pour toi. T'as déjà perdu quatre ans de ta vie là-bas, et viens pas me raconter que ça t'a apporté quoi que ce soit à part des migraines, une myopie carabinée et trois antidépresseurs différents à gober par jour. Réveille-toi, bordel, réveille-toi, fais quelque chose de ta vie, t'es tellement douée ! Regarde-toi, regarde-toi !

Hébétée, elle s'était tournée vers le grand miroir de l'entrée, face à ce reflet qu'elle avait déjà affronté et anéanti quelques minutes plus tôt.

Elle ne voyait plus tant une personne que le poids de mois d'angoisse.

Elle ne voyait plus tant une présence qu'une multiplicité d'absences.

L'absence de lueur moirée de vernis sur ses ongles, de pendentif coulant dans son décolleté, de maintien, de ce port de tête qui lui faisait darder ses yeux vers des hauteurs insoupçonnées.

L'absence d'éclat dans sa pupille.

L'absence de chair, de corps, de vie.

— Mon amour, je..., avait-il tenté de se rattraper, conscient de sa propre violence.

Elle avait fait volte-face, les traits déformés par l'indignation.

— Tu n'as pas le droit de me dire ce que je dois faire de ma vie.

— Mais à quel moment je t'ai dit ça ? T'es en train de te détruire et tu le sais, et c'est mon devoir de te le répéter jusqu'à ce que tu te sortes de ce merdier !

— C'est tout ce qui me reste ! Je suis seule, tu m'entends, seule à en crever, et le seul moment où je n'ai pas complètement envie de me flinguer, c'est face à cette saloperie de fichier Excel qui me bouffe depuis trois mois ! Tu peux comprendre ça, ou c'est trop compliqué pour ton petit cerveau de grand prof inspiré humaniste à la con ?

Il s'était crispé, interdit.

— Je..., avait-elle commencé à bredouiller, encore haletante.

— Non, non, c'est bon, j'ai compris. Je vois que tu as une hiérarchie très claire de tes priorités. C'est parfait. Tu veux que je parte tout de suite ou demain matin ça ira ?

— Attends, je…

Non, il n'attendrait pas, il n'attendrait plus jamais.

Il avait déjà bondi de son siège comme s'il ne rêvait que de ça depuis des jours et des jours, comme si une sonnerie venait de retentir et qu'enfin il était en vacances, libéré de l'emprise de sa tortionnaire de copine.

Copine ratée qui n'en était même pas une.

— Mon amour, s'il te plaît, je ne pensais pas ce que je disais, je t'aime, reste avec moi, je vais être là pour toi, je te promets, je…, avait-elle débité à toute allure comme si le flot de ses mots poisseux de remords pouvait bloquer l'élan de la porte d'entrée sur le point de claquer.

Un dernier coup d'œil, pas même un vrai, filtré par le miroir, comme déjà imperméable à celle qu'il contemplait.

Dans une autre histoire, sa main se serait retenue, sa tête se serait tournée, un regard bouffi de regrets et d'un dernier filet d'amour étranglé aurait été échangé.

Dans celle-ci, le battant de la porte avait résonné comme une claque sèche.

Dans celle-ci, Anastasia avait fini assise en tailleur dans son salon à laper le fond d'une bouteille de mauvais vin.

Dans celle-ci, il s'en était allé.

Et il n'était pas revenu.

*

Lui, c'est Louis.

Il a six ans et trois diplômes de plus qu'elle.

Ça la faisait complexer, au début, lorsque tout ce qu'elle connaissait de lui se concentrait dans sa silhouette avenante et son rire inspiré.

Ensuite, elle s'était rendu compte qu'elle gagnait trois fois plus que lui.

Ç'avait rééquilibré la balance d'un seul coup.

Elle s'était un peu méprisée de penser comme ça.

Puis elle était passée à autre chose.

Louis n'a jamais été fait pour elle.

Louis n'allait jamais finir avec elle.

Elle a sans doute été sa seule erreur, mais même là, il a su s'arrêter à temps.

Face au miroir, dos aux reliefs d'un pauvre dîner en suspens, les lèvres baignant dans une mare de mots croupis, les cheveux irréels, lisses, plaqués, impassibles, les mains crispées, le cœur déjà remballé.

Il était parti.

Elle ne s'attendait pas à ce que ça se finisse comme ça.

Elle savait que ça allait finir par lui tomber dessus, elle n'est pas née de la dernière pluie.

Elle pensait juste qu'elle aurait droit à une ascension, à des signes avant-coureurs, de quoi alimenter ses renâclements de future vieille fille abandonnée pour la prochaine décennie.

Non, au lieu de ça, elle avait eu une pauvre dispute de non-couple, un retour d'insultes en pleine poire, un petit mot bien poli pour l'informer de l'heure à laquelle il viendrait récupérer le peu d'affaires qu'il avait laissées chez elle à contrecœur, dans un caprice à elle, lorsqu'elle croyait encore que ces fétiches lui feraient réaliser qu'il la voulait elle et non pas la vie qui l'attendait depuis toujours.

Elle n'était que l'antagoniste de sa légende personnelle.

Le grain de sable qui avait fait gripper la machine l'espace de quelques mois, et dont l'élimination soudaine permet de célébrer la mécanique radieuse des rouages enfin harmonieux.

La machine, en l'occurrence, c'est Lisa.

Lisa a trente-deux ans, un CDI à crever d'ennui rien que par son intitulé, un joli petit appartement dans le quinzième arrondissement, un chat nommé Crevette, une propension étonnante à se souvenir des détails de l'existence de tout son entourage plus et surtout moins proche, des rêves de famille nombreuse inavoués, un fond incurable d'empathie douceâtre, une jolie voix mélodieuse, aucune sorte de flair, une confiance aveugle et à la limite de l'indécence envers Louis.

Elle la connaît bien, normal, elles sont cousines, par alliance, un truc du genre, toujours est-il que leurs mères s'adorent et que leurs pères se vouent une haine cordiale.

Ça crée des liens.

Leur amitié avait atteint son summum un dimanche pluvieux de printemps, à l'occasion d'un brunch où la magie des âges plus ou moins équivalents avait bricolé entre les deux fillettes une entente aussi fulgurante qu'intense.

Elles avaient passé le reste de leur adolescence à se recroiser à intervalles réguliers, le nez plissé alors que leurs parents s'affrontaient en duel à coups d'exploits de leurs filles respectives, une certaine morgue dans le regard.

Lisa, c'était sa justice karmique, la fille qui lui avait piqué la place en prépa qui lui revenait de droit, mais à qui elle avait soyeusement cloué le bec en lui arrachant sous les yeux une place à HEC.

La dernière fois où elle l'avait croisée, c'était pendant la soirée où elle lui avait subtilisé, enfin, emprunté son copain.

Le fameux Louis.

La boucle est bouclée.

Louis, c'est un type bien, à la base, pas le genre à aller voir ailleurs pour finalement se raviser.

Il faut croire que même les gens les plus fiables peuvent vriller à un moment ou à un autre.

Pour eux deux, il avait suffi d'un rock, trois gorgées de mauvais champagne, une œillade si éhontée qu'elle n'en paraissait que plus flatteuse, et un baiser mouillé à frémir de gêne.

Une absurdité.

Après ça, une parenthèse de mois tapissés de projets mielleux et d'horizons dégagés, une plage tranquille où elle avait pu croire en sa propre bonté, en sa capacité à construire et non pas simplement aligner, en la gratuité des choses et en les bienfaits de la spontanéité.

Une double vie cousue d'un fil à la patte, une plongée en apnée en plein dans le bassin du mensonge, dont l'éphémérité ne fait que sublimer l'ivresse, dans laquelle on voudrait s'abîmer sans jamais réussir à trouver la force de s'y maintenir, dont on finit par resurgir comme malgré soi pour être projeté, quasi étouffé, dans la vie normale des gens raisonnables.

Louis avait sans doute eu besoin d'Anastasia pour comprendre la nécessité de se ranger.

Tant mieux, après tout.

Si elle a pu lui être utile.

Ça ne sert plus à rien d'y penser, de toute façon.

On naît seul, on crève seul, et vouloir s'abêtir dans la compagnie d'un prétendu partenaire entre-temps est une jolie et mièvre forme d'immaturité.

Tout ça, au fond, c'est juste une histoire d'intelligences mal ajustées.

Il y a deux types d'intelligence.

D'un côté, celle des analystes à la main de fer, celle qui s'acharne à tout comprendre par elle-même pour parvenir à une maîtrise froide et exhaustive d'un monde de rationalité pure, celle d'Anastasia, de ses choix utilitaristes, de ses priorités hiérarchisables.

De l'autre, celle des empathiques aux mots apaisants, celle qui s'approprie le tacite et l'ambigu, qui ne se penche pas tant sur les faits et les chiffres que sur les vibrations et les attentes de l'individu face à elle.

Celle qui manipule avec amour ses proies subjuguées pour les mettre dans sa poche, en connaît les instincts les plus aléatoires.

Celle dont Anastasia a toujours manqué, dont elle se moquait, dont elle ne réalisait pas encore qu'on ne peut en être que la cible ou l'exécutant.

Celle dans laquelle elle ne s'est jamais reconnue.

Une autre grille de lecture, plus tiède, plus tendre, qu'elle a sous-estimée et qui lui aurait pourtant bien rendu service face au docteur Duteuil, à la moue de pitié de ses supérieurs au boulot ou à la grimace amère de Louis.

Parce que Louis, lui, c'est un maître de la seconde intelligence.

Plus que ça, il est né avec, il la manipule sans y penser, il la déploie dans chacune de ses interventions, dans le regard scrutateur qu'il pose sur chacun, dans la satisfaction avec laquelle il dévore la moindre croyance établie, dans les silences qu'il offre comme d'inestimables marques de respect.

Ça rendait Anastasia dingue, la façon que Louis avait de jouer avec des insécurités dont elle souffrait d'autant plus qu'elle ne les avait jamais comprises.

De prévenir ses angoisses, de la prendre au dépourvu quand c'était elle qui était censée le surprendre, d'obtenir d'elle qu'elle lui obéisse sans même avoir à le lui réclamer.

C'était condamné d'avance entre eux.

C'est du moins ce qu'Anastasia devra se répéter pour avancer.

Et elle s'en remettra très bien.

Elle essaiera.

S'efforcera d'appréhender sa vie sentimentale sans y voir un compte à rebours déjà bien entamé.

De lire le monde autrement qu'à travers les lignes inflexibles de ses tableurs et de ses fiches de paie.

De ne plus considérer ses semblables comme une pyramide glacée de cadavres en devenir plus ou moins bien engagés dans une lutte finale qui ne se gagnera jamais autrement qu'au prestige et à la hargne.

De cesser de vivre chaque interaction comme un investissement, chaque échange comme un potentiel pari sur l'avenir, et chaque soirée accordée à autrui comme un geste commercial dans l'attente d'une rétribution équitable.

Elle croyait que c'était ça, faire fructifier son temps, profiter de chaque seconde pour en tirer quelque chose de palpable et de clinquant.

Il y a bien eu du spontané dans sa vie, malgré tout, des incartades, des envols de légèreté.

Rares, mais réels.

Il lui est juste de plus en plus difficile de se les rappeler.

Elle avait l'habitude de sortir de temps en temps, le jeudi ou le vendredi, avec une poignée de collègues.

Ça n'arrive presque plus.

Il y avait aussi Lolita.

Elles adoraient perdre des heures et des heures à la bibliothèque toutes les deux, avant d'aller boire des grenadines.

Il faudrait qu'elle prenne des nouvelles de Lolita, d'ailleurs.

Elle a encore oublié.

C'est normal.

Les médicaments.

Les effets secondaires, la fatigue, le cerveau qui déraille.

Ça la travaille, ça la rend folle, ça la dérobe à elle-même et à ses propres souvenirs.

Remarque, vu la machine industrielle de contrats et d'interactions mesurées qu'était devenue sa vie intérieure vers la fin, ce n'est pas plus mal qu'elle ait perdu le fil.

Qu'elle oublie les dîners d'affaires et les signatures de contrat en traître, et qu'elle se concentre sur sa petite guérison solitaire.

Lolita, donc.

Lolita a dix-sept ans.

C'est indécent d'avoir dix-sept ans.

Anastasia se souvient de ce qu'elle était à cet âge-là, de sa frange mal dépoussiérée, de ses aspirations naïves, de la belle claque qu'elle s'était prise en arrivant en prépa.

Lolita n'est pas comme ça.

Déjà, elle a eu une meilleure mère, ça aide.

Vu le père qu'elles se partagent toutes les deux, sacré coup de bol.

Lolita est transportée d'idéaux.

En tout cas, elle l'était encore il y a trois mois.

Ça fait vraiment trois mois qu'elle ne l'a pas vue ?

Oui, carrément, depuis Noël.

Putain, la honte.

Elle avait appelé leur père le lendemain du diagnostic, avait hésité à lui lâcher la bombe, avant de paniquer, de changer d'avis, de se rétracter.

Tout ça pour préserver Lolita.

Elle refuse de l'effrayer.

C'est peut-être un mauvais plan stratégique, surtout si toute cette histoire se finit au crématorium, mais c'est tout ce qu'il lui reste pour protéger Lolita.

Elle sait, elle sait que sa sœur n'a pas besoin d'être maintenue dans une petite maison de poupées, qu'elle n'est plus si petite.

Mais préserver Lolita lui permet d'entretenir la fiction de la survie du bonheur, quelque part, pour quelqu'un d'autre qu'elle.

Lolita doit la haïr à ce stade.

Elle lui pardonnera.

Plus tard, au moment de la guérison, des explications.

C'est fou, ça.

Il suffit qu'Anastasia pense à Lolita pour adhérer à la légende de la rémission.

Elle a toujours été adorable, sa sœur.

Elle risque même de devenir quelqu'un de bien.

Elle aimerait juste être là pour le voir.

Même si au fond elle se dit qu'il vaudrait mieux qu'elle dégage le plancher.

Elle ne pourra jamais avoir qu'une influence négative sur elle.

Qui voudrait pour référence une grande demi-sœur aigrie, seule, pétée de thunes mais morfondue d'ennui à en crever ?

Parce que c'est ça qu'elle est devenue, à force, inutile de se le cacher.

Une future vieille peau, encore à peu près fraîche et capable de maquiller les dégâts, encore en pleine ascension de la pente, dans la ferveur des lendemains qui n'attendent pas et qu'il ne viendrait pas à l'idée de compter tant ils semblent nombreux.

Un épouvantail bardé de réussites.

Un être asocial, anormal, largué dans le grand bain des adultes avec un tel talent qu'il s'y est fondu jusqu'à en perdre toute aspiration propre.

Le genre de fille qui a fini par gagner plus d'argent que d'idées pour le dépenser.

Il faut voir le côté positif de l'affaire.

Ça lui fait des économies pour investir dans des perruques pour cancéreuses.

*

Nicolas est revenu.

Elle lui a commandé un truc thaïlandais, elle n'a aucune idée du nom que ça peut avoir, le numéro lui suffit.

Elle n'a jamais testé rien d'autre sur le menu et elle ne voit strictement aucun intérêt à changer d'item.

Elle faisait des efforts pour bien manger, au début.

Elle avait sombré dans le gouffre des smoothies verts et des poudres protéinées.

Aucune des filles qui s'affichent avec ce genre de mixture ne s'est tapé de cancer.

Après trois semaines à siroter cinq litres quotidiens de céleri, elle avait lâché l'affaire.

Quitte à mourir, autant que ce soit le ventre plein.

Et vu que le supermarché lui prenait autant d'énergie que six heures de file d'attente à la Poste, il valait mieux s'en remettre aux livraisons à domicile.

Et puis, ça faisait venir Nicolas et son air avenant savamment maintenu aux limites de la neutralité émotionnelle.

Ce soir-là, elle a envie de tenter le coup.

— Coucou !

Elle pourrait s'abattre le front sur le chambranle de la porte.

Elle ne le fera pas, vu comme sa peau marque à cause du traitement, ce serait un coup à écoper d'un bleu monumental.

Coucou, c'est ce qu'elle pouvait faire de pire.

— Coucou, répète Nicolas avec son sourire de mannequin de cire.

Elle aurait pu lui claquer la porte au nez de déception.

*

Sa meilleure amie, c'est Marlène, maintenant.

Avec elle, tout est simple, gratuit, doux.

Elle peut remercier son cancer pour ça.

Merci pour Marlène.

Marlène a beau ne pas correspondre à ce qu'Anastasia s'était figuré comme son futur alter ego, elle lui apporte au moins sa présence.

Le fait qu'elle ait vingt-cinq ans de plus qu'elle ne change pas grand-chose à ça.

Une relation sans compétition, c'est assez inédit pour Anastasia.

Même avec Louis, c'était une lutte constante, une lutte enrobée d'amour et de caresses, bien sûr, mais une lutte malgré tout, traversée de doutes existentiels et de jalousies consommées.

À coups de livres compilés, de connaissances engrangées, de projets alignés, de réparties ciselées.

Avec Marlène, rien de tout ça.

Elles ne passent pas beaucoup de temps ensemble, quelques minutes par-ci par-là, de petites grappes de connivence et de regards lourds de sens à intervalles réguliers.

Le cadre manque souvent d'intimité, certes.

Il faut dire que Marlène est la secrétaire médicale du laboratoire d'analyses dont Anastasia est devenue la patiente la plus fidèle ces dernières semaines.

Marlène a des lunettes à monture fine, une aptitude médiocre à domestiquer sa chevelure et un sourire à faire fondre les calottes glaciaires les plus tenaces.

Elle est rigoureuse.

Elle connaît son métier.

Marlène serait effarée de savoir combien la grande blonde toute fine qui vient faire ses bilans sanguins au labo depuis quelque temps s'est attachée à elle, combien elle a extrapolé leur lien insignifiant pour le transformer en l'amitié la plus puissante du cosmos.

Elle le lui pardonnerait sans doute, en dépit de sa haute conscience professionnelle.

C'est le genre de chose que ferait Marlène.

Enfin, c'est le genre de chose qu'elle imagine très bien Marlène faire.

Il y a quelques mois encore, Anastasia aurait ri au nez de n'importe qui d'assez faiblard pour s'inventer une amitié fictive par peur de se sentir seul.

Désormais, elle sait.

Elle sait que les fantasmes sont le dernier rempart de l'humanité agissante.

Qu'il s'en faut de peu pour sombrer lorsque l'attirail des conventions s'effondre.

Qu'en s'accrochant à la possibilité du lien, au souvenir de ce que la vie pouvait être, on se maintient sans doute pas dans le wagon, mais au moins sur le toit du train de sa routine passée.

On y croit.

On se force à adhérer, même comme simple figurant, à la ronde joyeuse du monde tel qu'il est.

Un jour, elle a tenté de lui apporter un pain au chocolat.

L'air de rien, comme si c'était normal, comme si n'importe qui d'autre pouvait faire ça avec sa guichetière à la banque ou son caissier chez Monoprix.

Marlène n'a pas été dupe.

Qui aurait pu l'être ?

Mais elle a dû avoir pitié.

— Merci, mademoiselle Anastasia. Je fais attention en ce moment, mais je le donnerai à ma petite-nièce, elle adore ça.

Marlène a hoché la tête, son grand regard lisse et propret toujours braqué sur la silhouette hésitante de la jeune femme en face d'elle, ses mains jointes déjà prêtes à accueillir la personne suivante, le sachet blanc et froissé de boulangerie posé en offrande entre secrétaire et patiente.

C'était doux de sa part.

Marlène, c'est le petit rien qui donne du sens au grand bazar qu'est devenu le reste.

Marlène, c'est sa source inépuisable de force tranquille, de sagesse silencieuse.

Marlène lui fait oublier, un peu, à chaque analyse supplémentaire qu'elle lui tend dans son enveloppe crème frappée du logo immonde du laboratoire, la limite de ses jours, la cruauté du résultat, l'inéluctabilité du prochain examen.

Un salut chaleureux, une question insignifiante sur la météo, la marque de son pull, la santé de Clara.

Ah oui, c'est vrai.

Anastasia a raconté à Marlène qu'elle avait une petite fille de cinq ans.

Ça aide à meubler les échanges rituels.

Ça lui permet surtout de croire qu'elle est autre chose que sa tumeur.

Pas seulement la patiente X, mais aussi la maman de Clara.

Si Louis était encore là, ça lui aurait peut-être suffi de se présenter comme sa copine.

Ça n'aurait même pas été vrai, cela dit.

Alors elle a créé Clara, ses couettes blondes, son incapacité à rester propre la nuit, mais ce n'est pas grave, ça, ce ne sont pas de vrais problèmes, elle le sait maintenant, comme elle le répète à Marlène avec un sourire sage et empreint de compréhension mutuelle.

Elle lui serine ça, jour après jour, que Clara va bien, qu'elle l'aide beaucoup.

Que parmi toutes les ruines de sa vie passée se dresse encore une colonne à peu près intacte.

Que tout ce qu'elle a été ne s'est pas évaporé comme du sable séché d'un coup sous un ciel béant.

Que si elle meurt, au moins, il restera quelque chose d'elle.

*

Elle a tellement de temps libre sur les bras qu'elle commence à relire ses vieux cours de philo.

Le cancer, ça lui retourne vraiment le cerveau.

Elle aime bien les existentialistes.

Sartre, surtout.

Il lui offre des excuses, un mode d'emploi, une nouvelle normalité, lui fait des recommandations rafraîchissantes, autres que « reposez-vous » et « évitez de consommer des aliments difficiles à digérer ».

Il dit notamment un truc marrant sur la maladie.

Pour lui, c'est ce qui rend libre, plus que tout au monde.

Le malade n'a plus le choix que de vivre, d'être face à lui-même.

Elle, Anastasia, maintenant qu'elle se sait cancéreuse, est censée avoir conscience plus que quiconque de ses limites, et donc de ses capacités.

Elle peut choisir de vivre malgré les sentences médicales, de faire malgré les handicaps, de respirer malgré le souffle qui se dérobe, de poursuivre son chemin plus tortueux que jamais mais pas si illisible que ça à côté de celui des gens qui se mentent encore.

Il n'y aurait qu'elle pour savoir l'éphémérité des choses, des gens, de leurs accomplissements, pour accéder à la conscience suprême, à la perception totale, pour se rendre compte que chacun de ses gestes repousse la mort dans un élan aussi noble que naïf.

La maladie lui donnerait le courage de risquer de ne plus être, et la force de refuser d'être celle qu'elle n'a jamais voulu se voir devenir.

Face à l'horreur, au vestige en lequel la tumeur transforme son corps, elle n'aurait plus d'autre choix que de s'arracher à son ancienne enveloppe pourrie dans une mue exceptionnelle, pour tendre vers un idéal qu'elle se moquerait bien de ne jamais atteindre, pourvu qu'elle ait essayé, au moins une fois, pour de vrai.

Le cancer lui offrirait tout un continuum de possibilités nouvelles.

Être la malade qui envoie tout valser.

Celle qui adresse de grands sourires à sa famille et inspire des récits larmoyants.

Celle qui crève en silence.

Celle qui force l'admiration.

Celle qui se casse.

Celle qui casse sa pipe.

Celle qui continue de fumer allègrement, qui se moque bien de ce qu'on en pensera, celle qui assume, qui saute à pieds joints dans le tonitruement de sa propre déflagration.

La maladie ne serait pas soustraction des possibles, mais un défi, une provocation, une épreuve à relever chaque jour.

Se montrer digne de celle qu'elle a été, continuer de se battre pour celle qu'elle veut continuer à être, vivre sans les excuses dans lesquelles elle pouvait se réfugier lorsque le monde était infini et son organisme sain.

Elle n'aurait plus que le choix de vivre.

Le cancer lui ferait prendre conscience de la vaste perte de temps dans laquelle elle sombrerait s'il lui venait à l'idée de se morfondre, lui permettrait enfin de faire pleinement ce qu'il lui est encore possible de faire.

« Sa maladie est une excuse pour ne pas réaliser ses possibilités de non-malade mais elle n'en est pas une pour ses possibilités de malade qui sont aussi nombreuses...[1] »

Ça la fait marrer.

Elle veut bien croire que la maladie lui permette de s'accomplir pleinement en tant qu'être humain, si ça peut faire plaisir à Sartre.

Sa liberté, elle l'exploite.

Mais dans son cas à elle, le spectre de ses nombreuses possibilités de malade se réduit au coloriage de mandalas, à la digestion aléatoire de Coca et à des allers-retours entre son salon et sa cuvette à la propreté douteuse pour y vomir ses tripes.

C'est à peu près l'essentiel de ce qu'elle peut faire, dans l'état d'épuisement qui est le sien, et elle le fait avec intégrité et allégresse.

Curieusement, ça ne lui paraît pas entrer dans ce que Sartre se figurait comme des actes courageux et signifiants.

Anastasia ne comprend pas tout à ce que raconte Sartre.

Surtout quand il parle de la responsabilité de ce dont on n'est pas responsable, comme quoi le malade doit assumer ce qu'il n'a pas choisi et en faire son chemin de croix.

Ça la rend dingue de lire ça.

Toute sa vie, toute sa vie de jolie jeune femme occupée à cacher son ridicule, elle a été obsédée par le jugement des autres, comme constamment

---

1. Jean-Paul Sartre, *Cahiers pour une morale*, Gallimard, 1983.

responsable de l'opinion que l'on se faisait d'elle, unique mandataire de son sauvetage social, elle s'était chargée seule d'être ce que l'on attendait d'elle qu'elle soit, sans poser de questions, avec un grand sourire conforme aux pressions sociales et à l'exigence du bulletin de salaire, elle a pris sur son dos, elle a subi, elle s'est investie, elle a déchargé chacun de son maigre surplus d'anxiété pour finir par suffoquer sous l'angoisse collective.

Tout ça pour ça, pour avoir l'air d'une rescapée de Tchernobyl avec ses bleus verdâtres et baveux, ses traces de vomi incrusté et les os saillants de sa mâchoire qui a toujours été « bien volontaire » comme disait sa mère, pour ne pas avoir reçu le moindre appel depuis quatre jours à part celui du centre d'imagerie médicale.

Anastasia a limite envie de proposer à Marlène d'aller boire un café, parce que quatre-vingt-neuf pour cent de ses interactions avec un autre être humain se réduisent désormais à ses échanges avec elle, au comptoir du labo.

Elle ne le fera pas.

Ce n'est même pas une question de honte.

C'est juste qu'elle finirait par rendre le café à coups de spasmes acides, passerait deux nuits et un jour à se remettre de la sortie, et n'aurait rien à décrire de plus que l'état de son estomac.

Et Marlène mérite mieux que ça.

« Mademoiselle Anastasia… »

Elle adore quand Marlène l'appelle comme ça.

Ça fait princesse, duchesse, lady, ou même courtisane du XVIIIe siècle, peu importe, mais ça donne une épaisseur supplémentaire à sa conscience, presque une arrogance, comme une dose gratuite d'existence aux yeux d'autrui.

Mademoiselle Anastasia.

Désormais « responsable de ce dont elle n'est pas responsable ».

Elle était tombée sur Sartre, d'ailleurs, au bac blanc de philo.

Iris avait eu 15.

Anastasia, 16.

Iris ne lui en avait pas voulu.

Pas longtemps, en tout cas.

Ç'a toujours été comme ça, entre elles.

Iris a vingt-neuf ans aujourd'hui, comme elle.

Elle bosse dans la même boîte qu'elle, dans une autre branche, mais à un poste hiérarchiquement équivalent.

Elles se sont rencontrées au lycée, se sont tout de suite juré de gravir les échelons ensemble, avec une hargne simultanée.

Premier cours de sport, en seconde, des équipes de basket constituées au hasard, des adolescents plus ou moins – et surtout moins – motivés à l'idée de remporter le match.

Iris et Anastasia s'étaient trouvées.

À elles seules, elles avaient marqué quinze points.

Pour le reste, ça s'était enchaîné avec une fluidité inouïe, de celle qu'on ne recrée plus jamais une fois qu'on est trop vieux pour organiser des soirées pyjama.

Les confidences inédites, les mépris communs, les ambitions partagées, les ongles vernis dans un conciliabule attentif, les objectifs rehaussés, les baisers ricanés, les soirées partagées, les gueules de bois épongées, les diplômes obtenus, les déconvenues ravalées, les premières fois retranscrites, les défis relevés, les complicités qui ne sont jamais aussi gratifiantes que lorsqu'elles échappent au regard du reste du monde.

Iris et elle avaient bûché, bu, cru, parcouru, attendu petit à petit que leur empire personnel se construise, que leur vocation se dégage au milieu de l'océan brumeux de perspectives que leurs notes stratosphériques leur offraient.

L'une pour l'autre, parfois l'une contre l'autre, par amour de la compétition et de ses frissons.

Un marathon en miroir, de longues foulées appliquées, la conscience d'être déraisonnables chevillée au corps, orgueilleuses presque, alors qu'elles étaient encore à l'âge où elles auraient pu se reposer, se préparer, se laisser vivre.

Mais l'avidité finissait toujours par avoir le dessus, et leur amitié cannibale reprenait son lent festin appliqué.

Toujours plus loin, fort, violent.

C'était trop, elles le savaient, bien sûr.

Parfois, l'une des deux vacillait.

Le doute surgissait.

Ça ne pouvait pas durer, ça finirait bien par se casser la figure.

Mais aucune ne voulait devenir celle qui initierait la chute.

Aucune ne voulait être celle qui retirerait sa main du feu.

Alors le duel reprenait.

Ça ressemblait à un affrontement toxique, elles le savaient.

Ça n'avait jamais été que de l'amour.

Personne n'aurait pu le comprendre.

Certaines amitiés ressemblent à des accidents du hasard plus qu'à autre chose, des paires si mal assorties qu'elles en deviennent intrigantes, des combinaisons papillonnantes dont on sait qu'elles ne dureront jamais bien longtemps.

D'autres au contraire semblent avoir été calibrées à l'avance sans jamais avoir été désirées, alliances de convenances et de simagrées.

Avec Iris, c'était encore autre chose.

Entre elles, ça s'était imposé, ça n'avait jamais pu être expliqué.

Leur fusion leur était comme tombée sur le nez, dans un élan d'espoir et de spontanéité.

À deux, elles s'étaient découvertes auréolées d'une sorte de noblesse, d'audace, tant leur simple union avait fracassé la succession de normalités plus ou moins moyennes qu'étaient leurs vies jusqu'alors.

À deux, elles avaient réussi à éradiquer les courbatures, les cicatrices, les postures mal assurées, elles avaient enchanté les lieux de leur quotidien, illuminé, transfiguré, révélé ce qui existait déjà mais que jamais les notes monotones de la banalité n'auraient su reconnaître.

Elles en étaient même venues à oublier qu'il avait pu en être autrement pour d'autres amitiés, d'autres échanges, d'autres partages, qu'en général il fallait prendre des rendez-vous et distinguer ce qui était secret de ce qui ne l'était pas.

À deux, elles avaient découvert une continuité tacite, une liberté, une force, une succession de bonheurs au goût des après-midi de pluie et du glissement d'un stylo-plume sur une page crémeuse, de madeleines aux amandes, de chocolat au caramel, de sauts endiablés sur la marelle, de cabanes de couvertures et de toutes ces choses que seuls les enfants savent vraiment apprécier.

À deux, elles avaient bâti une amitié qui était parvenue à leur faire croire que peut-être, un jour, elles retrouveraient l'inconscience bienveillante de l'époque où rien ne comptait vraiment et où la magie se tapissait dans le premier recoin venu.

C'est pour une amitié comme celle-ci qu'Anastasia verrait un sens à se battre pour grappiller quelques années, voire à espérer sa guérison.

Une amitié sans absences.

Une amitié irrationnelle.

*

— C'est pour une amie ?

Elle jette un œil à son reflet dans le miroir.

Ça la flatte qu'on puisse encore croire ça.

Son crâne arbore des pans assez convaincants de cheveux longs, c'est vrai.

Mais ça ne durera pas.

— Non, c'est pour moi, admet-elle.

Elle esquive le regard de la vendeuse.

L'employée s'éclipse.

Elle a l'habitude.

Elle sait quoi faire, ou plutôt ne pas faire.

Quelques secondes plus tard, elle revient les bras chargés de sachets qu'elle entreprend d'ouvrir sans se presser avant d'étaler leur contenu sur le présentoir.

Des foulards.

Unis, rayés, imprimés, à motifs hideux ou discrets, plus ou moins légers, plus ou moins transparents.

Il y a quelque chose d'hypnotique dans la masse de tissus bariolés, d'étiquettes, de textures, de coutures, de distractions visuelles.

Tout pour faire oublier que le produit finira sur un crâne chauve.

— Ça vous arrive souvent d'avoir des clientes qui envoient leurs amies acheter leurs foulards à leur place ?

Une fausse curiosité, une diversion.

Tout plutôt que d'admettre que c'est sa réalité.

— Plus souvent qu'on ne le croit, fait la vendeuse en hochant la tête.

Elle sort quelques boîtes, déplie de nouveaux foulards.

— C'est marrant, marmonne Anastasia.

— Pardon ?

— Non, rien. C'est juste… À quoi bon, en fait.

Elle se saisit d'un modèle, déploie la flanelle rouge, la laisse onduler comme un organe à part, vivant, puissant.

— À quoi bon quoi ?

— À quoi bon aller s'emberlificoter le crâne dans un foulard pour cacher le cancer ? Si on en met un, dans la rue, personne n'est dupe. Tout le monde sait très bien ce qu'il y a en dessous. Enfin, ce qu'il n'y a pas en dessous.

— C'est sans doute une question de goût personnel…, tente la jeune femme, désarçonnée.

— Sans doute. De conventions sociales. De déni. De confort. C'est la même chose, tout ça.

La vendeuse reste interdite.

Ses yeux liquides et surpris clignent à plusieurs reprises.

Elle doit avoir l'habitude de clientes moins fébriles.

— Vous pouvez m'aider à enfiler celui-ci ? lance Anastasia pour briser le silence, le foulard rouge à la main. Je n'ai strictement aucune idée de comment ça se met. Et je veux…

Elle se laisse prendre de court par un sanglot.

— Je veux être prête pour le jour où je n'aurai plus le choix.

La vendeuse s'exécute, pédagogue, ses gestes empreints d'une délicatesse belle à pleurer.

Elle enroule, déroule, prend le temps d'expliquer.

La prochaine fois, il n'y aura personne pour aider.

— Ça vous va bien.

Elle est sincère.

Ça se sent.

Rien à voir avec l'obséquiosité d'un employé contraint.

Anastasia tourne un peu sur elle-même, risque un premier coup d'œil, un second.

Elle a une bonne tête aujourd'hui.

L'œil clair, le menton stable, les traits reposés.

Pour la première fois depuis une petite éternité, elle a dormi toute une nuit.

Pas plus de six heures, mais c'est déjà un progrès.

Et maintenant, le foulard.

Ça lui donne une dégaine de pirate.

Si elle faisait une psychothérapie et racontait cet épisode, nul doute que son psy lui déclarerait sur un ton docte qu'elle accepte petit à petit la réalité de sa maladie.

Peut-être bien.

Elle se jette un dernier regard qui n'a plus grand-chose de catastrophé.

Elle reste triste, bien sûr.

Mais cette tristesse-là est différente de celle qui l'habite depuis des semaines.

Elle n'a plus rien d'instable ou de destructeur.

Ce n'est plus un funambule à moitié fou lâché sur une corde fine, les yeux dévorés de chagrin, à la poursuite d'un espoir qu'il n'a même plus envie de dénicher.

Cette tristesse-là est aérienne, souple, d'un gris perle pareil à celui des nuages de pluie légère, qui se dépêchent de fuir une fois leur besogne purificatrice achevée.

Cette tristesse-là danse sur des chemins paisibles, sans vacarme ni fracas, les bras déliés en de somptueuses corolles, le visage fermé, honorant ce qui n'est plus et ne reviendra plus.

Cette tristesse-là se souvient, sans plus regretter.

Cette tristesse-là accepte, sans plus batailler.

C'est la seule force encore à la disposition d'Anastasia.

La seule énergie dans laquelle elle pourra toujours puiser.

Anastasia pousse un petit soupir, défait le foulard, ravale ses larmes.

Elle passe en caisse, adresse un faible hochement de tête en direction de la vendeuse aux yeux tendres, esquisse quelques pas sur le trottoir, presque honteuse, comme si les passants allaient la fuir s'ils découvraient la nature de son achat.

Elle avait eu tort, tout à l'heure, dans la boutique.

Le foulard sur le crâne, ce n'est pas une question de honte, de gêne, de conformisme.

C'est une question de douceur.

*

Les jours où elle est d'humeur à saper son moral gratuitement – et il y en a de plus en plus ces derniers temps –, elle aime se placer face à son grand miroir dans l'entrée, celui qui a eu droit au dernier regard de Louis avant son départ.

Là, elle attend.

Inflexible.

Les yeux dans les creux, dans les cabosses et dans les rides.

Elle s'abandonne à chercher de petits vestiges de la fiction de son ancienne vie parfaite.

Ce qui subsiste.

Ce qui ne va pas tarder à se faire la malle.

Son visage, ses joues encore rebondies, recouvertes d'un duvet invisible, parfumées.

De vraies petites pêches estivales.

La texture douce de ses lèvres, la façon dont ses pommettes viennent encadrer son regard, la structure de son front, l'uniformité des roseurs réparties sur sa peau.

Ses paupières bien maintenues, ses yeux encore alertes.

Une ruine en devenir.

Elle le sait.

C'est écrit partout sur les brochures, en petits caractères noirs, comme pour éviter de la heurter, comme si ça pouvait atténuer la réalité future des tombereaux de cernes, des regards décolorés, des joues creusées à la pelleteuse et de la mâchoire tranchante.

C'était son image de marque, avant.

Son teint de rose, ses dents blanches, tous les atouts qu'elle était en mesure de s'offrir pour confirmer son rang supérieur.

Quelques milligrammes de produits chimiques avaient suffi à dissoudre les bienfaits des crèmes de jour.

On fait toujours confiance aux belles personnes.

C'est aussi débile qu'instinctif.

Quand on présente vraiment bien, qu'on en impose, qu'on envoûte par un simple sourire, il faut y aller pour perdre la sympathie de l'autre.

Elle en savait quelque chose.

Pas besoin d'être à tomber par terre ou de réinventer les canons de l'esthétique.

Il suffit d'une harmonie, un air de pleine santé, d'un amour-propre mesuré, comme un label de normalité garantissant sa qualité interne.

Voir son petit présentoir de beauté se dégrader au fil des semaines lui fera plus de mal qu'elle n'ose l'admettre.

Elle le sait, pourtant, les traits fermes et les lèvres tirées à quatre épingles, ça ne dure qu'un temps, c'est fait pour s'évanouir, c'est précieux justement parce que ça ne tient à rien, un accident, un dérapage, une connerie sous alcool ou un coup de poing mal placé.

Elle aurait juste aimé un petit sursis.

Elle saura remonter la pente, si elle guérit, elle ravalera la façade, recréera une certaine illusion.

Mais ça n'aura plus rien à voir.

Ce sera un pis-aller, un compromis, une cicatrice qui restera apparente malgré trois tartinades de fond de teint, un aveu de faiblesse.

Elle n'aura surtout plus la force de prétendre.

Ça, on le lui a enlevé, en même temps que son sommeil chronométré et ses airs de gazelle affairée.

C'est dans la douche qu'elle livre son combat le plus féroce.

Elle y va à reculons, tant bien que mal, poussée par quelques relents d'une culpabilité d'enfant toujours enclin à retarder le moment de se laver, tourne le dos à son reflet, délibérément, le menton penaud, le regard qui se veut fier mais qui parvient tout juste à superposer trois morceaux de dignité aussitôt éparpillés.

Ses mains hésitent, glissent, sinueuses et maladroites, le long de ses vêtements gris, anonymes et opaques.

Un pull, souvent, un legging, un gilet aux airs de cape médiévale, boursouflés de peluches et de fibres de tissu abîmé, empreints d'une odeur aigre-douce dont elle comprend au fil des jours qu'il s'agit de sa transpiration autrefois calfeutrée sous une dose massive de déodorant et désormais libre de mener sa vie.

Sa carapace de coton et de polyester, aux maillages lâches et inconstants et aux ombres flottantes.

Une tenue juste assez correcte pour se faire croire qu'elle pourra sortir plus tard dans la journée, quand elle sait pertinemment qu'il n'en sera rien et qu'elle ne porte qu'un uniforme d'exilée, privée de la vie comme elle se doit d'être menée.

Un boa constrictor au sourire paisible, qui l'étouffe à petit feu sous ses anneaux soyeux au doux parfum d'assouplissant.

Sous les couches de tissu, quelques renflements, des courbes éparpillées çà et là, une présence en pointillé.

Son corps.

Le bolide qui la propulsait vers les sommets de sa carrière, sur les routes d'une ville pliée à sa volonté, aujourd'hui réduit à une somme d'impossibilités.

Celle de se lever sans craquer de partout, d'accélérer sans y penser, de sentir la courbe constante de son propre souffle, de se remplir l'estomac jusqu'à en frissonner de contentement, d'aller et venir avec l'arrogance aveugle de ceux qui ignorent qu'il suffirait d'un rien pour que tout s'arrête.

Elle s'entretenait, avant, sans grande conviction.

Ça lui permettait de voir quelques visages amicaux au cours de yoga organisé par le comité d'entreprise le jeudi midi, d'affirmer sa présence dans des salles de réunion colonisées par des épaules larges et des mâchoires taillées dans la pierre à coups de testostérone, de laisser couler sur elle le regard attendri et gentiment convoiteur de quelques conquêtes ponctuelles.

Depuis la maladie, c'est la jachère pure et simple.

Pire que ça, le déni.

C'est tout ce que mérite son enveloppe traîtresse, avec ses cellules foireuses et l'invité qu'elle s'est permis de faire entrer en elle.

De l'indifférence froide, du néant.

Il n'y a que dans la parenthèse anxieuse qui précède ses douches que son corps laminé se rappelle à elle, avec force, violence et ironie.

Commence alors au fil de son déshabillage crispé un ballet glaçant d'araignée malhabile, aux membres délicats et tremblants, chaque vêtement cédant un par un, comme une succession de verrous à faire sauter.

Toujours dos à elle-même, à son reflet qu'elle sait autre, à l'impossibilité de se reconnaître.

Rien n'a encore trop changé, bien sûr, ça ne fait que, quoi, quatre mois, mais c'est déjà suffisant pour se rendre compte de ce qui reste à venir.

La maigreur.

Les bleus.

Les douleurs.

Parfois ses yeux dégringolent, se confrontent à la peau d'un ventre qu'elle a perdu tellement de temps à trouver trop rebondi, mais dont elle rêve désormais de retrouver le petit arrondi docile, comme pour combler l'absence infâme qui s'y est creusée.

Ses jambes froides, comme deux longues pattes d'insecte en hibernation.

Sa poitrine, dont elle se pose la question chaque jour un peu plus pressante de savoir si elle la conservera encore longtemps.

Ça comptait, pour elle.

Ça compte encore.

C'est bien plus qu'un atout de séduction, un outil pour une hypothétique et improbable maternité, ou l'affirmation d'un genre ou d'une identité.

Ç'avait été une attente anxieuse à l'orée de l'adolescence, une victoire de gamine impatiente, une courbe familière autour de laquelle sa silhouette s'était structurée.

C'est devenu le souvenir brûlant d'étreintes assoiffées, un rempart intouchable entre les palpitations de son cœur et les sollicitations du monde extérieur.

Tout ça compromis par un amas de cellules, une boule, un parasite à peine palpable, une petite grenade de chair et de sang à ponctionner, deviner, dessiner, irradier et injecter de poison, jusqu'à déposséder son hôtesse de sa propre autonomie, jusqu'à rendre le reste de son corps esclave de l'impérieuse nécessité d'évacuer la menace, tout pour la tumeur, tout pour ses besoins changeants, tout pour sa malignité supérieure, petite peste capricieuse, pasionaria qui réclame l'attention exclusive de son organisme.

Anastasia a entendu un des infirmiers, l'autre jour.

Il ne savait pas ce qu'il disait, sans doute.

— La tumeur attend qu'on lui fasse son scan, là !

Elle s'est réduite à ça.

Une tumeur.

Un nouvel attribut rare, vénéneux, si repoussant qu'il en a quelque chose de sacré.

Aux yeux de tous ses soignants, Anastasia est devenue grave, urgente, nimbée d'une aura intrigante, investie d'une mission quasi divine.

Battre la tumeur.

Être digne.

Forte.

Courageuse.

Elle a presque de la chance, en fait, elle.

Au moins, elle a quelque chose de grand et d'unanimement encouragé à faire de sa vie.

Peu importe qu'elle se désagrège entre-temps, qu'elle en oublie le cours passé de son existence, qu'elle y laisse même son ardeur de vivre.

Le tout est de vaincre.

Le reste, on verra.

Après son lent déshabillage, elle se résout à procéder à la douche en elle-même.

Elle a tout son temps.

C'est le retour à la triste réalité de sa condition, la même routine des parties du corps à nettoyer dans un ordre propre à chacun, la caresse rêche d'une serviette, l'enfilage d'une chemise de nuit, la lente décélération du rythme cardiaque jusqu'à basculer dans le sommeil.

Toujours, l'effroi.

Celui de se trouver si changée quand on a bien conscience que ce n'est que le début.

L'incrédulité.

Être toujours là quand tout aurait dû s'écrouler.

Une indignation irrationnelle, aussi.

Que personne ne s'inquiète de la possible disparition du corps dont on la laisse seule responsable, de sa dignité.

Que personne ne se précipite pour l'assister lorsqu'elle en a réellement besoin, dans sa baignoire avec ses gestes tremblants, quand le monde entier semble toujours disponible pour s'apitoyer sur son sort.

Que même une douche ne puisse plus être une parenthèse.

Que son cancer trouve une place entre l'émail de la baignoire et le carrelage de sa salle de bains.

*

Elle a invité Marlène à déjeuner, hier.

Ça lui a demandé des jours de préparation.

Elle sait que ça ne se fait pas, mais elle n'en pouvait plus.

Les quelques amis qu'elle a fini par prévenir prennent sur eux, elle le sent.

Mais ils ne sont pas à la hauteur.

Elle ne peut pas leur en vouloir.

Elle aurait été bien pire à leur place.

Et puis, ils n'ont jamais vraiment été des amis.

Des collègues, des figurants dans le tunnel de sa vie.

Tout ce temps, elle les avait soigneusement maintenus à distance.

Ç'aurait été malhonnête de leur imposer une promotion au rang d'ami à part entière simplement parce qu'elle avait soudain besoin de leur appui.

Il y a bien Iris, cela dit.

Lolita aussi.

Elle n'a jamais été seule.

Mais la maladie réclame davantage, la maladie réclame des absolus dont elle sait très bien que ni Iris, ni Simon, ni les autres ne seraient capables de lui accorder.

Alors elle s'en est remise à Marlène, parce qu'avec Marlène tout était encore vierge et possible, et qu'avec les fictions, au moins, même les déceptions ont une forme de beauté.

Avec Marlène, elle a minimisé le risque.

— J'aimerais bien qu'on aille déjeuner un jour, ensemble… Je sais que ça ne doit sûrement pas être éthique, mais bref, mes amis travaillent, ils sont occupés, mes journées sont longues et…

Ça n'allait pas, elle le savait, mais elle avait oublié les codes sociaux et les enrobages de politesse.

— Vous n'êtes pas un plan B du tout, hein, mais je me disais, peut-être, ça pourrait…

Marlène a souri, d'un beau sourire neutre et aseptisé, et lui a débité la réponse officielle.

Pas de contacts extra-professionnels avec les patients du laboratoire.

Elle était désolée.

En toute sincérité, ça lui aurait fait plaisir.

Peut-être plus tard, quand elle aurait guéri, quand elle n'aurait plus à poser les pieds ici, quand son agenda déborderait à nouveau d'obligations routinières et que ce déjeuner ne serait qu'un événement réjouissant parmi d'autres.

— Ça vous dirait, mademoiselle Anastasia ?

C'était malin.

Lui donner un aperçu du plus tard.

Lui donner une nouvelle raison de se battre, d'adhérer à l'image du futur bienheureux.

Elle est douée, Marlène.

*

Elle ne pense presque plus à ce qu'elle faisait, avant, au bureau.

Elle n'arrive pas pour autant à se détacher de celle qu'elle était, là-bas.

Son air apprêté, son visage fermé, antipathique presque, ses attitudes de femme bien plus âgée qu'elle ne l'était réellement, son agenda papier qu'elle prenait un plaisir inouï à feuilleter chaque matin, la caresse fraîche de son sac en cuir contre son flanc, la symphonie staccato de ses talons aiguilles, le pouvoir d'en imposer, le pouvoir de faire taire, le pouvoir de tout dire.

C'était un boulot à l'intitulé savant et alambiqué, pas vraiment des ressources humaines, à mi-chemin entre le management et le consulting, une sorte de responsable rentabilité à l'affût du moindre grain de sable susceptible de gripper la machine à plus ou moins long terme, capable de reprendre, réprimander, recommander, réformer même si ça lui chantait.

Une forme de dictature de l'efficacité.

L'économie de l'attention.

Et elle, pour superviser le tout.

La tête pensante d'une immense opération marathon.

Robespierre, disait Iris.

L'Inquisition, corrigeait Anastasia.

Repérer les anomalies, le temps perdu, les raccommodages précaires, les conduites à risque, les détresses étouffées, les éléments perturbateurs, les passagers clandestins.

Partir en quête de toujours plus de secondes, de productivité, d'économies, de dynamiques en sommeil.

Scruter, analyser, fouiller, déterrer.

Une fouine institutionnelle.

Un limier, une bête très sophistiquée et un peu ensauvagée, habilitée à retourner les manies des gens, à leur poser les questions que l'on passe une vie à contourner, à gratter partout et surtout là où ça fait mal, là où se cachent les saletés, les secrets condamnables, les combines inavouables.

Remarquer ce que chacun a intérêt à taire.

Pour l'un, c'était son alcoolisme latent, mal déguisé en fatigue chronique et en burn-out plus ou moins soigné, une petite affection pour le whisky qui lui faisait s'emmêler les pinceaux et envoyer ses messages aux mauvais destinataires.

Pour l'autre, c'était un mensonge, un CV maquillé qui avait un peu trop convaincu son employeur et l'avait laissé face à une tâche qui lui était totalement étrangère, jusqu'à le mener à contrefaire, repousser à plus tard, saper le travail de ses collègues.

Parfois ça allait encore plus loin, comme cette cadre qu'elle avait confondue un jour, une fille brillante dont les dents auraient pu racler trois couches de parquet, qui ne bossait là que pour grappiller deux, trois techniques et autres secrets professionnels avant de partir fonder sa propre boîte.

Peu importait la nature de la défaillance de l'employé, son profil, son ancienneté, c'était le même résultat pour Anastasia.

Une fois l'incompatibilité constatée, il ne lui restait qu'une chose à faire.

Délivrer son rapport.

Elle prenait toujours un plaisir fou à dresser une liste de solutions possibles à ces vices cachés, de la formation à l'accompagnement psychologique personnalisé, voire des recadrages plus poussés pour les problèmes d'ordre matériel ou logistique, en sachant très bien qu'il n'y avait aucune chance que ses patrons optent pour une autre piste que celle qu'elle indiquait toujours en dernier.

« Réorientation ».

Doux euphémisme pour éjection.

Simple, direct, efficace.

C'était le mauvais rôle, c'est sûr, mais ça ne l'avait jamais dérangée.

Ça n'avait jamais vraiment été elle.

Elle le voit, maintenant.

Ce poste, cette rage, cette intransigeance, c'était un outil comme un autre, un costume intimidant dans lequel elle s'était efforcée de rentrer des années durant.

Le meilleur moyen de se hisser vers un absolu, quel qu'il soit, peu importe sa portée ou son idéologie.

Une confortable position de pouvoir de laquelle seule sa tumeur avait su l'extirper.

Il y avait aussi une certaine forme de cohérence là-dedans.

Mettre un terme à la dérive d'un individu pour permettre aux autres de continuer à voguer, ça vaut le coup.

C'est juste.

Mathématique.

Imparable.

Le dilemme du tramway des temps modernes, résolu par des remerciements, des poignées de main et de jolies lettres de recommandation creuses adressées à toutes les entreprises cousines en guise de compensation.

Elle y trouve son compte.

Elle y trouve son sens.

Trouvait.

Elle y trouvait son sens.

Elle a encore du mal à se mettre à jour.

Le grain de sable, le maillon faible, c'est devenu elle, elle et ses retards de performance, elle et ses absences, elle et tout ce qu'elle a été formée à reconnaître sans hésiter.

Elle avait compris sa maladie bien avant de l'accepter.

Sans être capable de nommer ce qui se faisait un petit nid toxique en elle, elle avait senti la perturbation, la menace.

C'était la fatigue, surtout, qui avait donné l'alerte.

Une fatigue poisseuse, collante, dont rien ni personne ne l'aidait à se dépêtrer, pas même les caresses de Louis ni les joggings furieux à cinq heures du matin.

Ensuite, les rougeurs, son sein étrange, douloureux, gênant.

Une anomalie honteuse, une faiblesse monstrueuse.

Ensuite, les nuits réduites, les heures insomniaques, la faim de sommeil et le dégoût de nourriture, la nausée, la silhouette qui s'allège et s'efface.

Et ensuite, surtout, les airs narquois des collègues, les sourcils haussés et faussement surpris des responsables face à sa mine défaite, à son premier dossier en retard, au second, avant un avertissement de la direction maquillé en conseil bienveillant.

Puis la fin du déni, la consultation médicale imposée.

Les palpations, déshabillements, dénuements.

Son corps nu et informe, malade déjà, mais qu'on faisait encore semblant de croire sain, par politesse, respect de la déontologie, timidité.

Son regard hâve face aux échographies dont elle ne distinguait rien d'autre que des reliefs chaotiques et morbides.

Ses mensonges à Louis, la simplicité avec laquelle ses entretiens avec des oncologues et autres radiologues devenaient dans sa bouche de délicieuses séances de massage et autres manucures hebdomadaires.

Enfin, Duteuil, la peur, le déni, le retour chez elle, les cris, le miroir, la solitude.

La double face.

La monnaie de sa pièce.

Le début de la fin.

Le néant.

Elle n'a plus rien.

Rien que les étapes déchirantes.

Les regrets successifs.

Et les avenirs à enterrer.

*

C'est sa seule sortie fixe, ritualisée, routinière.

Son passage obligé.

La chimio.

Une grande salle anonyme aux murs pleureurs, parsemés de fauteuils plus ou moins éloignés les uns des autres selon l'humeur du jour.

Ponctuant l'espace entre chaque patient, des arbres altiers de métal et de plastique, aux branches desquels pendent des poches luisantes de substances aux noms imprononçables.

Des aiguilles, des trous, des passages à vide, des amnésies.

Les veines, ponctionnées, labourées, épuisées, parchemin reprisé de partout, itinéraire en pointillés d'âmes qui ont depuis longtemps renoncé à se trouver.

La vie, quelque part, qu'on essaie de sauver à tout prix, parfois sans même vraiment savoir pourquoi.

Les regards absents.

Les yeux jaunâtres, épuisés, résignés.

L'élégance, le charme, quelque chose qui subsiste, une volonté irrationnelle et irrépressible de continuer à se maintenir accroché, ne serait-ce que du bout des doigts, à quelque chose de beau et triste à la fois, quelque chose d'humain, quelque chose d'avant.

C'est ténu.

Mais c'est réel.

Partout où l'on ne penserait pas à regarder.

Dans le collier de perles de la vieille dame sur le côté.

Face au mascara qui enrobe le regard de sa voisine.

Sur les chaussures irréprochables du quadragénaire au fond.

Et elle, le long de son dos droit, de ses pieds bien à plat, de son roman entre les mains.

Elle ne compte plus ses venues ici.

C'est le printemps, maintenant.

La salle de chimio se colore d'une lumière nouvelle, cotonneuse, laiteuse presque, dans laquelle elle voudrait pouvoir mordre à pleines dents.

Les infirmières changent au fil des semaines.

Lassitude, remplacement, congé mat, mutation, qu'est-ce qu'elle en sait, le tout, c'est qu'elles bougent, que les visages se succèdent, mais que les gestes demeurent les mêmes.

C'est d'une violence.

C'est comme ça.

Les autres avancent, c'est dans l'ordre des choses.

Et elle, elle reste dans son fauteuil.

Aujourd'hui, elle n'en peut plus.

Elle était plutôt du genre bonne cliente, il y a encore quelques semaines.

On pouvait lui injecter tout le poison du monde, elle parvenait toujours à quitter les lieux aussi pimpante qu'en y entrant, un large sourire presque insolent plaqué sur le visage, l'air de sortir d'une petite promenade de santé, avant de filer chez elle pour purger sa sentence et rendre ses tripes.

L'essentiel, c'était de ne pas craquer sous les yeux des autres.

Mais aujourd'hui, elle n'a plus la force.

Aujourd'hui, elle est malade pour de vrai, malade à crever, malade comme un chien.

Seuls témoins de sa détresse, son bas de survêtement, ses baskets épuisées, et le petit haricot dans lequel elle vomit avec application à intervalles réguliers.

Rien à faire.

Elle connaît tout le monde ici, à ce stade.

Plus personne ne se regarde.

Plus personne ne se juge.

C'est chacun pour soi, chacun dans son propre duel contre son corps et malgré lui, chacun occupé à laisser son organisme défaillir peu à peu dans l'espoir de le sauver à terme.

Chacun, sauf un.

Un nouveau.

Il n'a pas encore saisi les règles.

Elles sont simples.

On ne juge pas, on ne pose pas de questions.

On parle de météo, éventuellement.

De la famille, si ce n'est pas trop douloureux.

Mais de rien d'autre.

Lui, il est avide de savoir ; les bilans, les dossiers, les pronostics, les dosages, les effets secondaires, les expériences, qui est en train de s'en sortir, qui commence à comprendre que ça n'arrivera sans doute jamais, qui a gardé ses cheveux, qui a gardé sa rage.

Il n'est pas là depuis longtemps, c'est peut-être même sa première séance.

Comment elle le sait ?

Il a encore l'air des gens qui ont des choses à faire.

Les doigts qui tambourinent, le téléphone qui vibre, les coups d'œil discrets vers la grande horloge murale dont tout le monde se fiche avec passion.

Il la dévisage depuis une demi-heure, exactement en face d'elle, à trois, quatre mètres, pas plus.

S'il a conscience d'à quel point son attitude est déplacée, il ne le montre pas.

Dans son regard, un mélange d'amusement, de compassion, et d'autre chose.

Quelque chose de plus sauvage, incontrôlable.

La volonté de plaire, d'attraire.

De séduire.

Une ligne de cheveux en franche récession, l'air soigné et reposé, une chemise bien repassée, des lèvres fines, le genre d'embonpoint si classique qu'on ne le remarque qu'à peine, une étincelle de malice dans l'expression du visage, quelque part entre les pommettes et les paupières.

Il se lance.

Un sourire.

Un clin d'œil.

Anastasia baisse la tête, troublée, amusée, gênée.

Ça fait une éternité qu'elle a cessé de se considérer comme cible de possibles convoitises.

C'est flatteur, cela dit.

Ce n'est même pas si raté que ça.

Maladroit, oui.

Un peu lourd, certes.

Mais délicat.

Sincère.

Il a un sourire vrai, brillant sans être trop propre, enthousiaste sans être hypocrite.

Il a l'air tendre.

Elle pourrait répondre.

Elle gagnerait sans doute à y répondre.

Au pire, ça ne serait jamais qu'un rendez-vous en demi-teinte, un rien, un peut-être avorté.

Seulement, aujourd'hui, elle est malade.

Pour de vrai.

Plus fort que jamais.

Aujourd'hui, il ne reste plus rien, plus de force, plus de couleur, plus d'ouverture, plus de mécanisme à enclencher, plus de relief, plus de colère, plus de peur, seul le vide, le vide et la douleur.

Aujourd'hui, il n'y a plus que le froid, la solitude et la rancœur.

La détestation de tout ce qui se porte mieux qu'elle.

Et lui, lui et son énergie intacte, lui et ses espoirs loin d'avoir été érodés par l'enchaînement quasi liturgique des séances de chimio, le sourire pâle et automatique des infirmières et les bruits de succion des aiguilles, lui, il se porte mieux qu'elle, et ça lui est insupportable.

Alors elle replonge le nez dans son roman.

Triste, seule et perdue.

Malade.

Nauséeuse.

Il termine avant elle, murmure quelque chose à la soignante qui s'approche de lui.

Elle est jeune, enthousiaste, elle se laisse vite embarquer, récupère un bout de papier qu'elle glisse à Anastasia cinq minutes après le départ du prétendant guilleret.

Anastasia accepte la missive sous les pouffements de l'infirmière, déplie le papier, caressée du regard attendri de sa voisine, va jusqu'à enregistrer le numéro dans son répertoire sous le nom « Inconnu Souriant ».

Aujourd'hui, elle ne lui écrira pas.

Mais pourquoi pas demain.

Qui sait.

*

Elle se fait à la chimio, autant que possible.

Elle compense.

Ces derniers temps, elle se sent même parfois parcourue d'inexplicables élans de motivation.

Elle s'active, réaménage son appartement, pousse le lit à l'autre bout de la pièce comme si elle allait y acculer ses ombres suintantes d'angoisse, commande en ligne des posters dont elle tapisse le blanc outrageant de ses murs, hésite à demander son numéro à Nicolas, se résout à porter son foulard parce que mine de rien elle commence à avoir froid là-haut, s'arrange une petite promenade jusqu'au parc, envoie même un message à sa mère pour son anniversaire, prend des nouvelles d'une collègue qui a accouché, l'air de rien, comme si ça ne faisait pas quatre mois qu'elle avait déserté le bureau, échoue une nouvelle fois à lire les romans russes qu'elle n'a jamais su finir, se plonge dans les séries dont bruissent les réseaux sociaux et dont elle redécouvre la puissance de suggestion, de synergie, de stimulation, se convainc qu'il est temps d'apprendre à cuisiner et brûle deux casseroles d'affilée, s'aventure même sur quelques forums où elle déniche des confidences de ses sœurs de maladie, de ses jumelles affaiblies, dont les récits sont autant d'odyssées tragiques qu'elle s'imagine chuchotées, cachées, pas vraiment honteuses, mais pudiques, prononcées sur un ton de connivence extrême, réservées à un public d'initiés quand bien même elles sont accessibles au premier venu sur Internet.

C'est un nouveau petit cocon, un monde parallèle dans lequel elle aurait préféré ne jamais avoir à se glisser, mais où elle finit par se trouver bien, simplement elle-même, sans enveloppe corporelle défaillante, sans nuits interminables ni nausées matinales, où elle s'est réduite à un pseudo, une histoire en pointillés, une suite de mots atones, une camarade, un soutien, un exemple, une parmi d'autres, juste quelqu'un de normal, un membre d'une certaine communauté de vraies gens dont la vérité n'est plus tant synonyme de banalité que d'extraordinaireté.

Il n'est plus question d'être Anastasia Brachant, de se soumettre à des bilans de compétence, de s'évaluer au regard de la société performante, de présenter son masque de cire pulpeuse et harmonieuse à un quotidien en lente ascension.

Elle n'est plus qu'Ana0888.

Son avatar, son nouveau elle, un être incomplet et parcouru de possibles.

Petit à petit, elle se lie à une autre double, une autre malade, une autre amie.

HelloLola.

Lola, comme Lolita.

Deux prénoms cousins.

Une petite familiarité, déjà.

Lola, à l'en croire, a trente-sept ans.

Huit ans de plus qu'elle, certes, mais ça reste une petite jeunette par rapport à leur confrérie de malades.

Un cancer du sein avant quarante-cinq, cinquante ans, faut vraiment avoir la poisse.

Ça, Lola peut le comprendre.

Elles parlent de tout ensemble.

Au début, sur le forum, et puis ensuite, en privé, pour plus d'intimité.

Lola a évoqué les enfants.

Ceux qu'elle risque de ne pas avoir.

Elle a eu droit à la totale, elle.

Stimulation ovarienne, surdoses hormonales, ponction des gamètes, congélation des ovocytes, sanctuarisation de sa fertilité.

On ne sait jamais, ou plutôt si, on ne sait que trop bien le résultat qu'auront ses séances de rayons X et ses cocktails chimiothérapiques.

Alors, on sécurise.

Pour le jour où Lola voudra des enfants, si elle en veut toujours, si elle est toujours en état d'en vouloir.

On l'a proposé à Anastasia aussi.

On le lui a presque imposé, à vrai dire.

Elle a dû batailler.

Les enfants, pour elle, c'est non, jamais, surtout pas.

Elle a eu droit à toute la litanie des imprécations quasi mystiques.

Elle était si jeune, elle ne savait rien encore des futurs désirs de celle qu'elle serait d'ici dix ans, elle allait perdre des années sous traitement, années au cours desquelles sa fertilité décroîtrait naturellement, sans compter les dégâts irréparables qu'allaient infliger les traitements à son appareil reproducteur, vraiment, c'est effectivement désagréable comme processus, mais c'est pour votre bien, vous nous remercierez sans doute, et on ne sait jamais pas vrai, et après la maladie, imaginez comme ce serait beau d'accueillir une nouvelle vie, pour célébrer la guérison, recommencer du bon pied, allez-y de toute façon c'est remboursé, et puis le reste du temps c'est interdit la congélation, profitez-en, il n'y a que les femmes comme vous qui y ont droit.

Non, non, catégoriquement non.

À force d'insister, et après une petite cargaison de formulaires de décharge, elle a eu gain de cause.

Le droit de ne pas avoir.

Le droit de disposer.

Le droit de refuser.

Lola ne savait pas trop ce qu'elle voulait, mais après tout, comme on le lui serinait en boucle, elle avait dépassé le fameux cap fatidique des trente-cinq ans, et elle avait peur, tellement peur d'être seule, de ne jamais s'en sortir, d'être dépossédée de tout au lendemain du cancer et des opérations, de se retrouver face à un désir inédit et irrépressible qu'elle s'en voudrait à vie d'avoir condamné quand bien même il n'était pas le sien sur le moment, alors elle avait accepté, signé, elle s'était conformée, heureuse tout de même de cette possibilité, elle n'était pas réfractaire à l'idée de son petit bébé dans ses bras, un jour, mais bon, ça restait pénible, éprouvant, et elle ne pouvait pas non plus s'ôter de la tête son âge, le calendrier forcément poussif de la rémission, la fatigue croissante, et l'idée que le jour où surgirait enfin par miracle une forme de guérison, elle pourrait être devenue autre, délabrée, épuisée, avoir oublié toute aptitude à délivrer quelque forme d'amour que ce soit, être devenue une ombre, une enveloppe d'incapacité, à peine assez forte pour continuer à s'entretenir.

Mais ça, les médecins ne le comprenaient pas.

Ce qu'ils maîtrisaient, c'étaient les dosages, les ponctions, les opérations prodigieuses et les pronostics de fertilité.

Les procédures normalisées et les urgences relatives.

C'est marrant, quand même.

On lui avait diagnostiqué une tumeur cancéreuse foudroyante, on parlait déjà de mastectomie, mais la première chose à faire, avant tout traitement, la nécessité ultime, c'était s'occuper de son utérus.

Alors Lola et Anastasia se parlent, puisque le reste du monde a cessé de les écouter.

Là où elles se rencontrent avec le plus de délices, c'est là où leurs vécus divergent.

Leurs désaccords, leurs ressentis propres, leurs décisions opposées.

Tout ce qui leur permet de se rendre compte qu'elles sont restées des individus, malgré la maladie, malgré les protocoles réglementaires, malgré leur assignement commun dans la grande catégorie des gens diminués.

Rien ne les force à devenir le clone l'une de l'autre, rien ne les condamne à se fondre ensemble dans la même statistique, rien ne les empêchera de s'affirmer même dans la négation de leur plein potentiel d'action.

Elles vivent la même tragédie, certes, mais différemment, chacune avec les subtilités qui continuent de ponctuer sa propre personnalité, chacune plongée dans son propre bain de subjectivité.

Chacune de leurs confrontations s'offre comme une célébration des particularités qu'elles ont réussi à préserver.

Par exemple, les cheveux.

Pour Anastasia, les perdre a été douloureux, bien sûr, elle aurait préféré ne pas avoir à passer par là, mais c'était surtout une histoire d'apparat, d'esthétique, un petit gravillon dans sa chaussure au milieu d'une mer de roches coupantes.

Pour Lola, c'est un drame de chaque jour.

Elle a dû dire adieu à l'art de mettre en valeur sa sublime chevelure, coiffée au gré de ses envies en nattes, boucles souples, chignons défaits, queues-de-cheval tressées, raideurs artificielles, anglaises travaillées ou torsades symétriques.

Tout lui était possible, à l'époque.

Ses cheveux, c'était ce qu'on remarquait en premier chez elle, une orgie de reflets mordorés aux volumes impossibles, une cascade de nuances tour à tour brunes, auburn, acajou, voire franchement rousses l'été, une barrière tour à tour protectrice ou intimiste, une possession fièrement entretenue, superficielle peut-être, mais tellement plus qu'un simple accessoire comme pouvait l'être le brushing fonctionnel d'Anastasia.

Les perdre a été d'autant plus vicieux qu'elle s'était accrochée à l'espoir de les garder, apparemment, ça arrive, un cas sur trois, ou quatre, l'oncologue était resté flou là-dessus.

Et en effet, pendant deux mois, malgré les poches successives de chimio, rien, à peine deux, trois cheveux retrouvés sur sa taie d'oreiller, comme tout le monde, comme avant.

Mais d'un coup, sans prévenir, alors que ses médecins s'extasiaient de ses excellents résultats et parlaient déjà de réduire les doses, tout était tombé en l'espace de trois jours.

Elle n'avait pas réussi à sortir de chez elle deux semaines durant.

Avant de porter une perruque.

Elle avait envoyé une photo à Anastasia.

Ça ne se voyait presque pas.
Mais ça se voyait quand même.

— C'est pas pareil, pour nous, lui a dit Lola, un jour.
— Nous ? a interrogé Anastasia.
— Les femmes. Jamais t'irais regarder de travers un mec dans la rue parce qu'il est chauve.
— Je sais.

La maladie en général, le cancer surtout, c'est pas pareil, pour elles.

C'est la fin de quelque chose, d'une identité loin d'être choisie mais à laquelle elles avaient fini par s'identifier, celle de créature séduisante, de possible copine, fiancée, épouse, de cible d'attentions et de convoitises plus ou moins désirables.

C'est le passage de femme à patiente de sexe féminin, de sujet à objet de diagnostic, de corps à ensemble d'organes plus ou moins dysfonctionnels.

Se sentir poreuse, décomposée, défaillante par endroits seulement, diminuée et jugée, dépossédée de tous les fragments de sa vie que l'on se plaisait à exposer.

Comprendre que les barricades qu'elles s'étaient garanties ne valent rien, vraiment rien, face à ce qu'elles traversent aujourd'hui, et ne plus savoir comment espérer retrouver un jour l'insouciance maintenant qu'elles connaissent la banalité du tragique.

Lola lui fait du bien.
Elle habite loin, dans le Sud.
Tant mieux, au fond.

Anastasia n'aura pas à la rencontrer.
Elle ne pourra pas la décevoir.

Elle a parlé d'Iris à Lola, une fois.

Elle lui a dit l'impossibilité de lui faire signe, de l'appeler à l'aide, de se confronter à sa puissance encore intacte, à son évocation immanquable de tous leurs souvenirs communs et parfaits.

Elle lui a dit le silence imposé à sa famille, les messages d'Iris laissés sans réponses, progressivement taris, comme une rivière polluée d'insultes qui se serait retirée dans son lit, furieuse et méprisée.

Lola n'a pas compris.

Pour elle, c'était une aberration.

Une trahison, même.

Ç'a été leur unique désaccord.

Lola, elle, a su *s'entourer*.

Se constituer une muraille inviolable de proches dévoués, d'amis patients, de confidents privilégiés.

Ça la « sauve », dit-elle.

Alors certes, elle aussi s'ennuie, a du mal à sortir.

Mais elle a au moins ça pour elle.

Elle a au moins eux pour elle.

Ça ne me dérange pas, moi, a confessé Anastasia.

Et c'est vrai.

Ça ne la dérange pas d'être seule, non.

En revanche, ce qui la dérange, c'est de savoir qu'il aurait pu en être autrement.

Qu'elle s'est trompée, sans doute.

Lola l'a senti.

Alors elle n'a pas jeté l'éponge.

Elle a insisté.

Elle a gagné.

Anastasia a cédé.

Elle appellera Iris.

Aujourd'hui.

Il est temps.

Iris a déjà essayé de la joindre, une, deux fois.

C'était trop dur de répondre.

De reprendre le fil d'une amitié qui n'avait de sens que dans un monde normal, simple, linéaire, de continuer à bâtir quelque chose qu'elle n'avait même plus la force de désirer, de sentir la déception de celle qui allait comprendre que sa partenaire avait été remplacée par un pantin perfusé de produits chimiques.

Elle ne connaît même pas son numéro par cœur.

Une sonnerie, une deuxième.

Iris décroche toujours vite.

— Allô ?

Sa voix claire est comme piquée de curiosité, loin de toute amertume, loin de tout reproche.

— Iris, c'est moi.

— Oh, ça fait du bien de t'entendre…

Oui.

Oui ça fait du bien.

Elle aurait dû appeler plus tôt.

Le constat la perce avec une telle évidence qu'elle manque de raccrocher aussitôt, comme si elle avait déjà perdu toute chance de se rattraper, comme si avoir mis autant de temps à se rendre compte de la nécessité de joindre Iris la rendait indigne de le faire désormais.

— Oui.

Elle balbutie, gênée par ses larmes, encore une fois.

— Est-ce que tu vas bien ? J'étais morte d'inquiétude.

— Je sais. Ça va.

— Ta chimio ?

— Ça continue. C'est chiant, c'est long. Je commence à perdre mes cheveux, si tu voyais ça, c'est un massacre.

— Tu... tu veux en parler ?

Anastasia a un petit rire, surprise elle-même de se trouver si détachée.

— Oh, il n'y a pas grand-chose à dire, tu sais... J'ai une sale gueule, bientôt je n'aurai même plus de sourcils. La seule chose marrante, c'est que je n'ai plus à m'épiler les jambes. C'est à peu près tout.

— Et... tu arrives à sortir, tu fais des choses ?

— Non.

Non, parce que c'est la vérité, c'est con, c'est triste, c'est pitoyable même, mais non, ça fait déjà six jours qu'elle n'a pas mis le nez dehors et elle a envie de se rouler en boule sur son canapé alors qu'elle le réalise, aussi parce que ça lui fait peur, ça la terrorise de voir qu'elle arrive à repousser chaque fois plus loin son record de solitude, et le pire dans tout ça c'est qu'elle pourrait au moins s'activer, ou même sans aller jusque-là, être juste un peu plus que neutre, laisser son doigt dérouler la dégringolade sinueuse de son mur Facebook, se perdre dans la contemplation des fenêtres de ses voisins en y projetant d'autres vies que la sienne, écrire un roman-témoignage coup de poing sur la dévastation qu'a été la maladie pour elle et la force dont elle fait preuve chaque jour pour s'en remettre, matcher sur Tinder avec des hommes qu'elle ne rencontrera jamais, dépenser ses allocations de congé maladie dans des tenues qu'elle ne pourra plus porter maintenant qu'elle a perdu le corps qui allait avec.

La vérité, c'est qu'elle a cru que la solitude la sauverait, là où elle n'a fait que sceller la dalle glaciale de son isolement, et qu'elle se sent infiniment stupide et détestable d'avoir cru que se couper du reste du monde était la solution.

La vérité, c'est qu'elle est débile, profondément débile, et qu'elle le réalise à cet instant même plus précisément et âprement que jamais, alors que la simple voix d'Iris vient déjà s'appliquer sur ses plaies avec la fraîcheur d'un baume apaisant.

La vérité, c'est qu'elle n'avait aucune excuse pour s'enterrer comme elle l'a fait, parce qu'elle a grandi avec tous les outils et tous les privilèges nécessaires pour comprendre la nécessité de s'entourer et de demander de l'aide lorsque le besoin s'en fait ressentir, parce qu'à chaque instant elle aurait pu se raviser et admettre enfin qu'elle ne se suffisait pas, voire qu'elle se nuisait à elle-même.

La vérité, c'est qu'elle est soudain étouffée de peur, de cette panique terrible et hurlante qui s'empare de ceux qui réalisent tout à coup qu'il est peut-être trop tard, qu'ils ne pourront jamais blâmer qu'eux-mêmes pour leurs erreurs, et que la seule personne avec laquelle ils risquent désormais de passer le reste de leur existence de reclus n'est autre que celle à l'origine de leur propre malheur.

— Je suis désolée, finit-elle par articuler entre deux à-coups respiratoires. J'aurais dû appeler, j'aurais dû sortir, j'aurais dû faire quelque chose, je n'avais pas le droit de te laisser dans le silence, c'était tout sauf par méchanceté tu sais, j'ai fait comme j'ai pu, plutôt comme je n'ai pas pu, je...

— Anastasia.

Elle s'interrompt d'un coup, comme pétrifiée par la paisibilité du ton d'Iris.

— Je suis là.

Elle a un pauvre sourire, dont elle sent presque les craquements rouillés.

— Tu as fini par m'appeler.

Une pause.

— Tu as fini par m'appeler, c'est tout ce qui compte.

*

Il faut parler, maintenant.

Non pas qu'elle se sente remonter la pente, qu'elle se prépare à réintégrer le cours de son existence, ni même qu'elle adhère un tant soit peu à l'illusion de la guérison.

Au contraire, il s'agit de faire de l'ordre.

De laisser derrière elle autre chose que le chaos intime qu'elle s'est appliquée à bâtir en elle.

Ça commence à durer, l'entourage ne va pas tarder à ne plus être dupe.

Les appels manqués, les messages évasifs, les signaux contraires, les mensonges surpris en flagrant délit de contradiction.

Autant d'aveux involontaires du trouble, du problème, de l'avarie.

Sa grand-mère Jeanne a été la première à comprendre.

Elle est passée par là, elle aussi.

Un cancer du col de l'utérus.

Vicieux, sinueux, mais qui avait fini par déguerpir sans demander son reste.

Elle avait été diagnostiquée à cinquante-neuf ans.

Elle en a quatre-vingt-treize aujourd'hui, plus grand-chose à faire si ce n'est jeter un regard bienveillant et déjà absent sur les atermoiements de sa descendance.

Il y a un mois, Jeanne s'est manifestée sous la forme d'un mail, timide, discret, comme elle l'a toujours été, veillant à ne jamais se faufiler au-delà des frontières délicates de l'implicite et du tacite.

Ma Nani,

Cela fait trois mois désormais que nous n'avons plus de tes nouvelles et que je n'ai pas eu le bonheur de voir la jolie jeune femme que tu es devenue. Je sais que tu es occupée, comme toujours, « débordée » comme tu dis, mais je ne peux pas m'empêcher de me faire du souci. Tu me connais, et puis, c'est mon rôle de vieille matriarche sans doute. La raison pour laquelle je m'inquiète, c'est que mon anniversaire est passé vendredi dernier, sans petit message de ta part. Loin de moi la volonté de te faire des reproches, au contraire, crois-moi, à mon âge c'est quelque part doux de ne pas se faire rappeler combien on a vieilli tous les quatre matins, non, simplement c'est la première fois que cela t'arrive, et ça n'annonce rien de bon à mon avis. Même lorsque tu passais tes épouvantables examens ou que tu te cassais la tête à résoudre des conflits d'intérêts auxquels je n'ai jamais rien compris, tu trouvais le temps de m'écrire. J'espère que tout ira mieux, à défaut d'aller bien. Je pense à toi. Je sais combien les flots peuvent être troubles et les drames intimes et fracassants. Tu trouveras toujours en moi une confidente attentive.

Avec tout mon amour, toujours,

Ta grand-mère

Il a fallu trois jours et trois nuits à Anastasia pour surmonter le chagrin qu'a déchaîné en elle la lecture de ces quelques lignes.

Un chagrin aride, desséché, écœuré de blesser celle qui n'a jamais eu que des mots tendres pour elle, d'avoir oublié l'essentiel : la présence et les souvenirs.

Elle a fini par lui répondre, non pas par une lettre qui aurait sonné creux quelle qu'en soit la formulation, mais au cours d'un appel tremblotant, fragile, suspendu à un fil de faiblesse et de tendresse.

Elle était malade, elle ne le lui avait pas dit, ni à elle ni à personne, elle ne savait pas comment en parler, et les autres étaient habitués à ce qu'elle cesse de donner des nouvelles des semaines durant, alors elle s'était dit qu'en tirant un peu sur la corde, ça passerait pour un mois, deux, puis plus encore, et elle savait qu'elle arrivait au bout, que les petits SMS guillerets ne convainquaient plus personne, que l'impatience se faisait sentir, dans les points d'exclamation de sa mère, ceux de suspension de son père, ceux d'interrogation de sa sœur.

Elle avait peur, peur et froid, tout le temps.

Elle était seule à en crever, elle vomissait ses médicaments et c'était sûrement pour ça que rien ne marchait, elle attendait de se faire renverser par un camion qui n'en finissait pas de foncer vers elle, les bras en croix, le menton redressé, un sourire figé placardé sur un visage déjà absent.

Jeanne a acquiescé, sangloté doucement, quelques secondes à peine, assez pour briser encore un peu plus le cœur d'Anastasia, avant de lui murmurer tous ses encouragements, de lui insuffler toute sa force et de l'assurer de tout son amour.

Ç'a été tout.

Ç'a été tout pour elle.

Elle a raccroché, stupéfaite, éblouie.

Son geste suivant a été de se précipiter vers son ordinateur pour y retrouver sa conversation avec Lola, lui raconter les deux miracles successifs qu'elle venait d'accomplir, les mains qui se frôlaient à nouveau, les frissons raccordés, la vie qui reprenait.

C'est bien, vraiment.

Il faut continuer, maintenant.

Tu crois ?

Tu ne t'en sortiras pas comme ça.

Tu ne t'en sortiras pas seule, ni dans le mensonge, ni dans le déni.

Depuis quand tu es devenue gourou mystique, toi ?

Depuis qu'un putain de cancer a décidé de me bousiller les seins et les ovaires.

Un silence en forme de pointillés muets et d'écran vierge, que Lola a fini par briser par un nouveau message, moins acide, plus concret :

Écris à tes parents. Va déjeuner avec eux.

C'est un ordre ?

Tu veux que j'ajoute des points d'exclamation pour que ça fasse encore plus autoritaire ?
Écris à ta mère !!!!!!!!!!!!!!!!!!!!!!!!!!!!!!!

OK, je vais le faire.

😊 😊 😊
Je suis fière de toi.

Mais je vais avoir besoin d'aide.
Tu seras là pour me donner des conseils ?
Je ne peux pas faire ça toute seule.

Tu crois vraiment que je vais te lâcher maintenant alors que ça fait six semaines que je te coache H24 ?

😊

*

Elle était devenue experte en dissimulation.

Ses parents ne s'étaient doutés de rien.

Quatre mois de silence, plus d'une saison sans peurs et sans reproches, sans que personne ne devine la perte et le chagrin.

Tout un hiver où le vernis social d'Anastasia laissait tout juste pressentir quelques zébrures suspectes sur lesquelles nul ne s'était attardé.

Ça paraît incroyable.

Il y aurait presque de quoi la féliciter.

Elle avait cherché en ligne comment s'y prenaient les autres, si ça leur arrivait aussi de paniquer, de laisser traîner, de dissimuler.

Apparemment, ça se faisait de plus en plus.

Mentir.

Cacher la maladie, le cancer, la peur.

Des semaines, parfois des mois ou des années.

Un mensonge blanc, un pansement de pacotille, un aveu de détresse surtout.

Une fuite en avant rendue possible par le miracle du secret médical et l'abstraction des moyens de communication modernes.

Sauver quelques semaines, grappiller une parenthèse supplémentaire de bonne santé, de normalité, d'invisibilité, le temps de s'inventer une nouvelle vie, une nouvelle armure, un nouveau visage meurtri à présenter au monde pour lui imposer le silence et le respect.

Elle aurait voulu avoir la force de tout leur dire dès sa sortie du cabinet du docteur Duteuil, dès la pluie, la radio lugubre, la toux sordide, les marques violacées sur sa peau froide comme autant de malédictions silencieuses, la peau qui bâille, le sommeil qui fuit et les cils qui tombent un par un, dès l'arrêt de travail, le regard désolé et maculé de dégoût de sa supérieure, les pronostics médicaux et les premiers cachets.

Elle aurait voulu les assurer de sa force, leur faire jurer de ne pas s'inquiéter pour elle.

Elle aurait voulu dresser pour eux un barrage de tranquillité, barricadé de promesses rassurantes des médecins, d'horizons positifs et de certitudes en béton, peindre sur leur visage une quasi-indifférence, tout plutôt que de les sentir inquiets, maladifs, lourds de la détresse qu'elle s'appliquait à repousser loin d'elle.

Mais elle se savait faillible, elle les savait déjà submergés par leurs propres angoisses.

Elle devinait déjà le chaos de compassion et de panique mêlées qui finirait par émerger de ses aveux.

Elle avait déjà trop perdu pour subir une énième dévastation.

Louis, son boulot, sa routine, sa beauté, son assurance.

Et la liste n'a fait que s'allonger.

Jusqu'à ce moment de bascule, jusqu'à aujourd'hui où elle a tant raclé le fond qu'elle a désormais acquis la certitude qu'il lui est impossible de tomber plus bas, un sous-sol absolu où elle se prélasse presque, dans un confort malsain mais familier.

Quitte à rester coincée dans son trou de maladie, avec ses quelques milliards de cellules pourries dont elle n'arrivera peut-être jamais à se débarrasser, autant en informer sa famille.

Ils ne peuvent plus rien pour elle, à ce stade.

Pas même lui insuffler de faux espoirs, des encouragements.

Elle en a déjà fait le tour pour eux.

Il ne leur reste qu'à se taire et attendre.

Stoïques, hiératiques, dignes, comme les statues en lesquelles elle aurait voulu les changer, le temps que ça s'arrange, le temps que tout ça soit derrière elle, ou alors qu'elle s'éclipse derrière eux et les laisse poursuivre leur existence sans elle.

Trop stables pour être étranglés par la cruauté de la maladie.

Ils comprendront, ils subiront, accepteront, parce qu'ils restent pragmatiques, au fond.

Il est trop tard pour s'inquiéter, s'agiter, appeler les meilleurs spécialistes et faire des recherches sur les traitements expérimentaux à base de racines d'eucalyptus prémâchées par des moines tibétains.

Non, tout a été fait, les dés jetés, les cartes déchiffrées.

Appeler.

L'un après l'autre.

Dans quel ordre ?

— Maman, j'ai une mauvaise nouvelle à t'annoncer, et tu dois me laisser parler.

— Papa, j'ai une mauvaise nouvelle à t'annoncer, mais tout ira bien.

Deux façons de le dire.

Deux façons de les maudire.

— J'ai un cancer du sein, je suis sous traitement, ne viens pas, je suis affreuse.

— On m'a trouvé une tumeur au... à la poitrine. Elle est maligne. Je suis sous chimiothérapie, ça marche plutôt bien, et les effets secondaires ne me font presque rien. Vraiment, papa, non attends ne pleure pas, papa, tout ira bien, tu sais je ne te l'ai pas dit justement pour que... non, je ne te cache rien, mais si je t'aime, mais non je ne te veux pas hors de ma vie, écoute-moi, entends-moi, je n'ai...

Des deux côtés, des reproches.

Trop d'indignation pour avoir même l'espace d'être surpris.

— Je sais maman, mais oui je sais qu'il n'y en a pas dans la famille, honnêtement je n'ai aucune idée d'où ça vient, oui j'ai déjà pensé aux kystes de ta tante, non ça n'a rien à voir...

— Mais non ce n'est pas ta faute, pourquoi ce serait ta faute, le mien n'est pas génétique, on ne sait pas, c'est comme ça, c'est environnemental, c'est pas de chance, on n'y peut rien...

Deux deuils à mener.

Deux rages à catalyser.

— Mais ne t'en fais pas pour mon boulot maman, c'est bon, ils me reprendront, c'est la loi tu sais, ils sont peut-être capitalistes mais ils ne sont pas criminels pour autant...

— Mais papa, je vais vivre, je vais avoir une vie, personne n'aura à savoir que j'ai vécu ça, je ne suis pas cassée, je ne suis pas morte, tu m'entends, je suis là, mais non je ne vais pas mourir, je disais justement que je ne suis pas morte, bon écoute calme-toi, passe-moi Sofia ou… Lolita ? Allô ? OK, je ne m'attendais pas à te parler tout de suite, mais… si, bien sûr que je veux te parler, pourquoi je ne voudrais pas… Attends, ne t'énerve pas, enfin pardon, tu peux t'énerver si tu veux, tu as le droit, c'est juste que… Oui, oui, papa a raison, oui j'ai un cancer. Du sein. C'est sérieux, mais on s'occupe bien de moi. J'aurais dû t'en parler, crois-moi je voulais le faire tous les jours, mais juste… enfin c'était bête, mais je me disais qu'avec ton bac et tout… Oui, je sais, ça aurait été encore pire que tu l'apprennes juste avant les épreuves, mais bref, voilà, je le fais enfin… Pourquoi maintenant ? Je…

Se retrouver toute seule et démunie face à son téléphone.

Chercher les mots.

S'avouer vaincue.

Poursuivre quand même.

— Oui, je vais te transférer mon dossier médical, promis maman. Non, ils ne m'ont pas prélevé d'ovocytes – non, ce n'est pas du gâchis, c'est mon corps, je fais ce que je veux, maman, pitié, arrête, je…

— Lolita ? Allô ? Ah, papa, c'est toi… Ça va mieux ? OK, tant mieux… et Lolita ? Bon… Je vais lui réécrire, elle finira par me pardonner j'imagine… Et toi aussi…

Anastasia a tout fait pour refréner ses larmes.

Si elle avait croisé une fois de plus son reflet boursouflé de pleurs dans la glace, elle en serait devenue dingue.

Son père, lui, a pleuré.

Beaucoup, beaucoup pleuré.

Sa mère, moins.

À peine quelques petits couinements stupéfaits, un reniflement peu élégant, un croassement gêné, aveu malhabile de sa rancœur d'avoir été écartée d'une pareille information.

Deux mutismes béants.

Deux nouvelles peurs à gérer, et les autres, les amis, la famille étendue qui finira par être mise au courant, les vieilles tantes qui reviendront vers elle à coups de SMS mal ponctués, les amis d'enfance, un monde antique qu'elle s'était efforcée de maintenir derrière elle et qui va désormais s'employer à lui rappeler tout ce qu'elle a cessé d'être et ne sera jamais plus.

Une vie de mémoires obscures.

Une négativité consacrée.

Deux amours, éprouvés, chamboulés, désolés.

Papa, maman, leurs silences, leurs absences, leurs ignorances.

Deux deuils possibles à imaginer.

En plus de celui de leur couple, de leur famille, de leur jeunesse, de son enfance à elle.

Deux confiances brisées.

Reste à savoir si elle aura le temps de les réparer.

*

L'enfance lui manque cruellement.

C'est sans doute pour ça qu'elle a fait une croix si tôt sur l'idée de donner naissance, de materner, d'éduquer d'autres esprits que le sien.

Elle aurait jalousé ses propres enfants.

Furieuse de les sentir plus capables, plus innocents, plus enthousiastes qu'elle.

Furieuse de les trouver ingrats.

La petite Anastasia ne connaissait pas sa chance.

Elle se levait tous les matins avec les mots chuchotés de ses parents au creux de l'oreille.

Elle s'asseyait à table, tout était prêt, elle ne s'en faisait jamais, on s'occupait d'elle.

Elle se laissait habiller, on avait pensé à elle, on voulait le meilleur pour elle.

Elle s'asseyait dans la voiture, on n'oubliait pas de l'emmener, jamais, on savait où la déposer, elle n'avait à se préoccuper de rien, juste à regarder le paysage défiler en dodelinant de la tête, écouter la musique de papa et maman, toujours la même depuis des années.

Elle se plongeait dans l'étreinte sucrée de ses parents, inspirait, se perdait dans les effluves chargés de leur affection partagée.

Elle pouvait pleurer, oublier sans conséquences, appeler au secours et ne jamais douter d'être entendue.

À tout instant.

Sans exception.

Elle avait surtout cette chance inouïe et aveugle de ne pas avoir conscience de ce qui l'attendait.

De croire qu'elle connaissait le monde, qu'elle en avait compris tous les mystères et tout ce qu'il était possible d'y voir, ou du moins que ça lui serait possible un jour.

D'être assez petite pour ne voir que des visages souriants dans la rue.

D'avoir foi en l'autre sans même avoir à le décider.

De s'imaginer qu'il ne subsistait plus que quelques petites miettes de mesquinerie sur terre, chez quelques individus isolés, mais que bientôt, grâce aux efforts conjoints de tous ceux qui l'entouraient, il ne resterait plus que de longues plages de bienveillance sur lesquelles elle pourrait se prélasser.

Des années à évoluer sans prêter attention à l'attroupement d'angoisses féroces qui la guettaient déjà, prêtes à lui bondir dessus dès lors que la société l'aurait estimée assez âgée pour qu'elle puisse les affronter seule.

Autant de furies hystériques aux noms banals à pleurer.

Indépendance, quête de sens, utilité, satisfaction, équilibre mental, factures, impôts, responsabilités administratives, ménage, trouver quelqu'un, avoir des enfants, se marier, se caser, se ranger, se taire.

Ses yeux étaient encore innocents.

Tout doux.

Tout propres.

Les yeux d'une enfance inconsciente, indolente, passive, enfoncée dans des méandres de sentiments puissants dont Anastasia n'avait jamais su percer la nature.

L'amour inouï de ses parents.

Leur indifférence l'un pour l'autre, du jour au lendemain.

Leur envie de bien éduquer leur fille, teintée de compétition malsaine.

Elle, médiatrice involontaire de leurs incompréhensions, déterminée à faire comme si de rien n'était.

Catapultée tous les matins dans une école blafarde, une voiture grise, couvée par une famille déchirée qui la décevait à chaque instant, dont la simple vision lui serrait le cœur, et qu'elle traiterait de vieux duo aigri des années après sans avoir tout à fait tort.

Elle subissait.

Elle subissait ce dont on lui dirait plus tard que c'était une chance.

Elle n'avait jamais décidé de rien.

Prise dans sa bulle rose layette, victime choyée d'un système qui ferait d'elle l'un de ses agents infiltrés.

Sans la moindre idée du nombre d'années qu'il lui restait à se morfondre sur une chaise d'école qui la broierait de partout, à compter les dalles du faux plafond, à calculer des moyennes dont personne ne l'avertirait qu'elles n'auraient plus aucune valeur sitôt les vacances arrivées.

Son ignorance n'avait plus grand-chose d'une chance, dans ces circonstances.

Elle est en train de perdre de vue l'enfant qu'elle a été.

Ce que cette petite fille aurait pensé de celle qu'elle est devenue.

Elle refuse d'oublier.

Petite Anastasia ne connaissait pas les concours, les arrêts maladie, les amoureux qui s'en vont pour retrouver celle qu'ils viennent de passer une année entière à tromper.

Petite Anastasia avait encore ses parents, un jour sur deux, pour elle, dévoués, à peu près.

Elle se croyait immunisée, protégée par son intelligence à haut débit, son arrogance, sa prescience de son jeune âge et de l'itinéraire qui s'offrait à elle.

Elle, elle y arriverait.

Elle, elle ne se laisserait pas grignoter petit bout par petit bout par ce que les adultes autour d'elle appelaient réalisme mais qui n'avait jamais été rien d'autre que du cynisme.

Elle avait conscience d'être petite, à l'époque.

Elle aurait voulu le rester.

Ce n'était pas son corps immature qu'elle voulait préserver, au contraire, elle avait des rêves trop dévorants pour ça.

Non, l'objet de ses inquiétudes, c'était son petit cerveau idéaliste, son regard sucré et naïf, son avidité d'histoires à découper dans le grand imagier de ses impressions cacophoniques.

Ses yeux d'enfant.

Elle les fixait dans le miroir de sa salle de bains, terrorisée des déformations qu'ils allaient subir alors que les années passeraient.

Elle ignorait alors que les yeux sont la seule partie du corps humain qui ne grandissent jamais.

Ceux d'un nourrisson font exactement la même taille que ceux d'un adulte.

Croire que ses yeux allaient changer était faux d'un point de vue biologique, certes, mais pas stupide.

Les yeux gardent peut-être leur déguisement d'enfance, mais ils désapprennent leurs émerveillements, leurs raccourcis et leurs fantasmes.

Sous le poids des déceptions, ils se voilent de restrictions.

Ils s'aliènent.

Se méprennent.

Se fourvoient.

Et leurs hôtes avec.

Anastasia a fini par grandir, laissant derrière elle les berceuses, les devoirs et les découvertes.

Ses yeux se sont blasés, affadis d'une lumière trop souvent crue et désenchantée.

Elle n'en a plus tellement besoin, maintenant qu'elle ne vit que la nuit sans même avoir le courage de se mesurer à son propre reflet.

L'enfance lui manque.

Les possibles lui manquent.

Le temps sans substance, les durées abstraites, les contraintes souples.

L'assurance qu'elle aurait encore le temps de se laisser devenir quelqu'un d'autre si jamais il lui arrivait de se décevoir un jour.

*

La porte s'enflamme, tambourine, trépigne.

Deux petits pieds frappent le paillasson, deux petites mains frétillent autour de la sonnette, deux petits yeux papillonnent, furieux de se voir refuser le spectacle auquel ils sont venus assister.

Lolita attend.

Anastasia l'a reconnue, à sa démarche, à sa course cahin-caha dans les escaliers vernis, à ses tics nerveux face à une entrée inaccessible, à l'enthousiasme subsistant malgré l'impatience, qu'elle tente très mal de déguiser en agacement à coups de soupirs faussement fâchés.

Elle voudrait lui ouvrir, elle va y aller, vraiment.

Elle n'est pas prête, c'est tout.

Lolita a dû la prévenir comme elle en a l'habitude, mais elle oublie tout en ce moment, c'est la chimio, la tristesse, le fait d'avoir commencé à renoncer à se souvenir de ce dont elle n'est plus certaine de demeurer spectatrice encore longtemps.

Elle défroisse son visage, mime un bâillement, passe un coup d'éponge comme on lâche un sanglot, rabat sa couette sans trop y croire, alors que Lolita elle-même n'a pas dû faire son lit depuis des lustres au bas mot, jette un regard furieux au reflet changeant du miroir dans l'entrée, marmonne un mot d'excuse, se dirige enfin vers la porte, la démarche presque défaite, l'air cueilli.

— Lolita…

Pas le temps d'ajouter quoi que ce soit, le câlin rituel l'ensevelit déjà de ses affections infinies.

— Ça fait une é-ter-ni-té !!

Lolita ne s'exprime que par des phrases s'achevant par au moins deux, voire trois points d'exclamation.

C'est ce genre de personne.

— Qu'est-ce que tu as fait tout ce temps ?? Comment t'as osé ne rien me dire ?? Enfin t'inquiète, je t'en veux pas, vraiment on est OK, mais bon meuf t'abuses, t'aurais pu venir faire coucou de temps en temps, tu sais je t'aime même si t'es chauve, hein…

Anastasia renverse la tête en arrière, éclate d'un grand rire frais et entier, un rire à lui donner des frissons, un rire dans lequel on voudrait couper de belles tranches généreuses à conserver pour pouvoir s'en délecter à intervalles réguliers.

— Merci, t'es trop aimable.

Lolita jette son sac dans un coin, suspend sa veste à la première accroche venue, s'affale dans le canapé de sa sœur.

— Bon, maintenant tu me racontes tout.

Sa voix se pose, s'affirme.

Prend des airs adultes insoupçonnés.

Presque de la science-fiction.

Alors Anastasia s'exécute, le temps de quelques phrases polies, enrubannées autour d'un grand paquet de mensonges qu'elle tente en vain de faire ressembler à un joli cadeau.

— Ça va faire cinq mois que j'ai eu le diagnostic, presque autant que je suis sous chimio, et j'ai eu des résultats hier, ça va… je suis loin d'être tirée d'affaire, mais je suis stable, le traitement fonctionne, mes médecins m'ont annoncé tout ça avec un grand sourire, et crois-moi ces gens-là ils ne prennent absolument aucun risque avec rien, alors quand ils arrêtent de faire la gueule c'est plutôt bon signe.

— Faut que tu ailles voir papa. Et ta mère aussi. Ils sont vraiment en train de péter un câble – je dis pas ça pour te faire culpabiliser hein, mais juste, j'en peux plus de faire leur psychothérapie.

Anastasia se replie dans sa posture de poupée mécanique rouillée.

— Je…

Elle ravale sa salive, tremble l'air de rien.

— Je sais pas si c'est forcément une bonne idée.

— Tu plaisantes ??

Lolita bondit sur ses pieds.

— T'es pas sortie depuis combien de temps ?

Anastasia a comme un petit sourire désolé.

— Tu ne vas pas être contente si je te le dis.

— Bah, ça peut pas être si grave… Bon allez, je sais pas, trois jours ? Non, quand même pas ?? murmure Lolita, les yeux écarquillés face à l'expression contrite de sa sœur.

— Plutôt six, mais bon.

— SIX ??

Anastasia s'attend à peu près à n'importe quoi.

Un cri, une gifle, une tirade enflammée sur les bienfaits des promenades, des verres entre amis, ou même des déjeuners en famille.

Au lieu de ça, Lolita file à l'autre bout de l'appartement, un rictus presque furieux plaqué sur le visage, récupère un grand sac, y enfouit une veste en jean, une bouteille d'eau, pioche un livre, un pull, saisit le portefeuille de sa sœur et son coude au passage, et l'entraîne dehors sans ajouter un mot, indifférente aux protestations plus ou moins convaincantes de la jeune femme derrière elle.

— On va dehors, tranche-t-elle.

— Mais où ? gémit Anastasia, éblouie par la lumière d'un jour qui a fini par se réchauffer après tout un hiver passé recluse chez elle.

— Voir papa, on est dimanche midi, il aura fait son poulet, il y en aura pour toi, et je te promets que si tu continues à râler je vais envoyer un SMS à ta mère pour qu'elle nous rejoigne.

— Non, pitié, pas ça !

— Parfait. T'as ta carte de métro ?

Elle palpe sa poche arrière, hoche la tête, et la course reprend de plus belle.

Elle ne doit pas ressembler à grand-chose.

Dieu merci, elle s'est lavée hier soir, ses vêtements ont l'air repassés, sa mine n'est pas trop défaite.

Reste le foulard mal ajusté, le pull épuisé, son allure désaccordée, ses yeux resserrés, comme trop fatigués désormais pour recevoir toute l'extravagance d'un monde dont elle a essayé des mois durant de se retirer.

Elle retrouve le métro.

Ça doit bien faire trois mois qu'elle n'y a plus mis les pieds.

Trop dur.

Le bus, ça la violente moins.

On peut s'y endormir, s'y laisser immerger, s'y fondre entre une poignée de visages sans que jamais la masse ne prenne le dessus.

Il suffit d'être là, d'attendre, d'appuyer sur un petit bouton, et les portes s'ouvrent pour soi.

On existe.

On s'efface.

Ici, les gens continuent leurs allers-retours, leurs missions invisibles, leur ballet symbolique, moins intense qu'en pleine heure de pointe cela dit.

Elle est à nouveau parisienne, intense, vivante.

Elle file dans des trains dont la vitesse la dépasse, sur des itinéraires qu'elle n'a jamais parcourus en entier, le long d'une myriade de vies inaccessibles, sur ces quais dont elle ne s'explique jamais par quel miracle les passagers s'y répartissent de façon aussi proportionnée et équilibrée.

— Ça fait du bien, hein ?? lui souffle Lolita, exaltée, entre deux stations.

— Si on peut dire, oui…

Elle n'a plus le temps de penser, la rame file, défile, on oublie, on compte les arrêts sans trop y penser, les voix s'entrechoquent et se surpassent, les écrans agressent, signalent, distraient, le trajet dégringole, déroulant un concentré de souvenirs qu'elle n'a pas pu se préparer à affronter.

Les samedis matin, où, étudiante, elle se morfondait sur son siège à part, des écouteurs vissés sur les oreilles, son visage toujours empreint d'un mal-être adolescent persistant.

Les lendemains de soirée avec Louis, ou les suites de soirée, ça dépendait de l'heure, lorsqu'on se moquait bien de se dépêcher puisqu'il était trop tard de toute façon, que l'alcool les enrobait encore d'une enveloppe de douceur et de folie, que trois éclats de rire un peu gras suffisaient à dissiper les spectres de la routine et des responsabilités.

Les trajets anxieux des premières fois, vers son premier rencard avec lui, en rentrant de son premier baiser, en espérant leur première nuit, sur le chemin de leur premier week-end sans rien ni personne d'autre qu'eux, l'esprit empli des impressions de leurs premières vacances, ou en train de se remettre de la première dispute, du premier silence, de la première rupture.

Il y avait eu les dernières fois aussi, celles dont on ne comprend qu'après coup combien elles marquaient un passage, un point de non-retour.

La dernière fois qu'elle était allée au bureau.

La dernière fois qu'elle avait cru à son couple.

La dernière fois qu'elle se croyait en bonne santé.

La dernière fois qu'elle était allée chez lui.

La dernière fois qu'elle s'était sentie vivante.

La dernière fois qu'elle avait des cheveux.

La dernière fois qu'elle avait vu Iris.

La dernière fois qu'elle s'attendait encore au meilleur.

La dernière fois où elle avait pu courir pour attraper son train.

C'est à nouveau le temps des premières fois.

Des recommencements et non plus des découvertes, mais malgré tout, l'énergie, l'émerveillement, la surprise.

Remettre le pied ici, reprendre des habitudes, expérimenter, remporter de petites victoires contre le silence et l'oubli, imaginer un second parcours à tracer, de nouvelles tentatives à mener.

— Ça va leur faire plaisir de me voir, murmure-t-elle.

— Et toi, ça te fait pas plaisir peut-être ? la tance Lolita, entre Étoile et La Défense, les doigts agrippés en araignées pâles autour de la barre centrale.

— C'est plus compliqué que ça…, tente-t-elle.

Ses parents, ça n'était peut-être pas compliqué jusque-là, mais ça n'a jamais été simple pour autant.

Isabelle, Patrick, la cinquantaine pas trop malheureuse, séparés depuis une éternité mais jamais divorcés, recasés pourtant, lui avec Sofia, elle avec Matthias, tous deux dans les ressources humaines mais pas dans les mêmes boîtes, comme si ça changeait quelque chose, ambitieux, très ambitieux mais jamais en ce qui les regarde, c'est plus simple à gérer pour eux, déverser leurs frustrations sur tous ceux dont ils ne contrôlent pas les décisions.

Ils s'étaient aimés, fort, sans doute trop, dans l'excès et l'avidité propres à ceux dont l'enfance n'a pas été rose et l'adolescence franchement noire, ils avaient tout voulu, la famille étendue, les carrières tonitruantes et la maison lumineuse, trop vite, ils s'étaient pris le mur en pleine face, les corvées ménagères, les trajets en voiture, et la vie qui n'en finissait pas de les décevoir, les voyages qui ne se rencontraient plus et les projets qui commençaient à se contredire, elle qui voulait voir du pays et lui qui avait enfin trouvé le sien, elle et ses désirs et lui qui réalisait qu'il avait assouvi les siens, elle et le fracas et lui et son silence, elle et ses scandales et lui et ses secrets, puis les assiettes qui volaient et Anastasia qui se cachait, les voix qui ne se répondaient plus mais s'attaquaient toujours autant, les regards surpris des visiteurs et les ellipses gênées de la famille, et enfin la discussion sérieuse avec de grands yeux emplis de larmes d'autant plus monstrueuses qu'elles étaient sincères, on se sépare ma chérie mais ça ne veut pas dire qu'on te quitte toi, au contraire c'est parce qu'on t'aime qu'on veut t'épargner ça, tu ne mérites pas de voir ton papa et ta maman tristes et en colère, on veut que tu nous voies heureux et amoureux, on veut que tu nous voies rire et qu'on ait la force et l'envie de t'emmener dehors, ailleurs, en voyage, on veut te faire rêver avec nos propres vies et t'inspirer à construire la tienne, on voudrait te désapprendre la frustration et la méchanceté mais c'est déjà trop tard, alors on complétera, on te fera vivre le pardon, la réconciliation, la résilience et les renouveaux, tu verras on te montrera que les erreurs ne sont pas une fatalité et que les chemins de traverse se présenteront à toi lorsque tu en auras besoin, et malgré les week-ends sur deux et les divisions du planning, on maintiendra une dualité, un jour et une nuit, un pile et un face, un aller et un retour, les deux forces équilibrées qui te porteront jusqu'à ta maturité radieuse, tu verras comme ce sera doux, et parfois même peut-être te diras-tu que tu as eu de la chance de nous avoir nous et pas d'autres, en tout cas c'est ce qu'on espère, en tout cas c'est ce à quoi on va travailler à partir de maintenant, regarde comme on a l'air raisonnables et apaisés, ça inspire la confiance pas vrai, on a toujours tout donné pour toi et on ne va faire que redoubler d'efforts.

On t'aime, Nani.

Elle y avait cru, bien sûr, elle avait six ans et elle ne comprenait rien si ce n'étaient leurs grands sourires pleins d'espoir, alors elle avait acquiescé, foncé, souri elle aussi, et elle s'était embarquée avec eux dans le long tunnel des familles fragmentées que l'on préfère appeler recomposées, des vacances à se disputer, des Noëls à alterner et des cadeaux à dédoubler pour prouver à l'autre que l'on fait mieux que lui, même si on s'était juré de ne pas se comporter comme les autres et de renoncer à la compétition toxique de celui qui allait le mieux réussir son échec conjugal.

Ç'avait été dur, moins qu'ailleurs, sale tout en restant convenable, violent sans jamais faire éclater la vaisselle à nouveau.

Patrick avait trouvé Sofia et son calme, son côté casanier et ses cheveux lisses et souples, et il y avait eu Lolita, enfin Dolorès, mais honnêtement qui allait l'appeler comme ça, ce petit bout de chou avec ses couettes électriques et son sourire atomique, et de l'autre côté Isabelle et Matthias, leur bougeotte, leur insatisfaction pathologique mais considérée comme stimulante, leurs voyages et leurs désirs trop nombreux pour se laisser le temps d'exister, mais une forme de bonheur, d'extase, un contentement à chaque fois renouvelé de se lancer dans l'aventure suivante, et entre les deux, Anastasia et ses paradoxes, la grande héroïne russe au roman fracassé en deux entre une famille désormais à moitié espagnole et une autre d'aventuriers cosmopolites, un amour qui avait tendance à s'éparpiller plutôt qu'à se rassembler, et des exigences toujours relevées par l'aigreur que chaque moitié éprouvait envers l'autre, avec des exploits déchirés entre les deux parties pour mieux prouver que c'était grâce à l'une et non pas à l'autre que l'objectif avait été atteint.

Elle avait douillé, regretté, juré qu'elle allait se casser et qu'on ne l'y reprendrait plus, elle avait retiré sa confiance avec morgue et rage pour toujours finir par la rendre, ragaillardie par une déclaration d'amour angélique d'un côté ou de l'autre, pour mieux se faire renvoyer en pleine figure le paquet humide et honteux de ses attentes déçues.

Elle avait fini par trouver son rythme, un peu par hasard, sa place, même si au fond pas tout à fait, un repas de famille sur deux, un appel rituel sur deux, un cadeau de Noël sur deux, avec la toile de fond professionnelle comme éponge de ses oublis.

Fille comme il faut, quand elle peut, entre deux eaux, prise à partie, partie prenante.

Isabelle partait, souvent, elle se trouvait dans ses détours, entre deux tours du monde et autres treks de l'extrême.

Ç'avait été dur à encaisser, quand Anastasia avait encore quinze ans et du mal à avouer combien elle aurait eu besoin que sa maman la serre dans ses bras.

Mais son père prenait le relais, avec son visage pâle et glissant, alors ça allait.

Et Lolita grandissait, accaparait les attentions, donnait à la vie une connotation bien trop burlesque et baroque pour que le moindre problème impose une quelconque forme de gravité durable.

Aujourd'hui, Lolita hésite, elle aussi, après une vie entière à frétiller et cancaner.

Sa mélodie s'interrompt, par battements d'ailes frénétiques, si rapides qu'on peinerait à les percevoir.

Anastasia n'est pas dupe, elle que l'enthousiasme de sa sœur apaise depuis des années, elle qui l'a peignée, redressée, encouragée, poussée, retaillée, révélée.

Ça ne se voit pas, quand on s'arrête à ses expressions épileptiques d'adolescente, à ses audaces et à ses plaisanteries enfilées à la chaîne, aux sourires qu'elle colle en sparadraps brillants sur ses plaies encore tendres et superficielles.

Son trouble n'en est pas moins réel.

Anastasia a connu ça, aussi, avant de se réfugier dans les consignes aveuglantes que lui donnait son ego.

Mais Lolita n'a pas de quoi se forger ce genre d'hubris.

Elle doute bien trop pour ça.

Lolita pense ne rien mériter, en tout cas certainement pas les absolus.

Pour elle, les pis-aller iront très bien.

Elle rêve, pourtant, ça se sent, elle en parlait encore il y a quelques mois.

L'art, les délires vagues et sublimes, les projets, les limites à repousser.

Mais le spectre des statistiques, de la raisonnabilité et du pragmatisme l'a rattrapée, à coups de menaces des conseillers d'orientation et de recommandations parentales.

Il fallait bien se raviser.

Se ranger.

Se taire.

Se montrer sous son meilleur jour, s'écraser en bon papier peint uniforme sans taches ni reproches, assumer pour le reste du monde et y perdre son compte.

Elle serait sage, convenable, performante.

Elle serait malheureuse, mais elle aurait les moyens de se le faire oublier.

Anastasia sait.

Elle connaît ce déchirement.

Lolita le découvre tout juste, bien sûr que ça la ravage.

Elle est à l'âge où l'on a déjà renoncé à beaucoup sans rien avoir choisi.

Anastasia le lit dans ses yeux troubles de petite fille qui voudrait grandir mais n'a jamais appris à le faire, voilés d'un semblant de regret mal délimité.

Elle le sent dans les emprises presque désespérées de ses mains, dans les points de suspension qui ponctuent ses déclarations.

Elle le sent lorsqu'elle élude, laisse quelques ellipses dans ses projections, hésite, s'en sort par une pirouette.

Son rêve, c'est voyager, aviser, improviser, elle pourrait être la fille d'Isabelle là-dessus, mais en moins sauvage, plus modérée, paisible même dans ses fantasmes.

Elle veut les sacs à dos, les routes poussiéreuses, les jobs foireux auxquels on ne s'accroche que pour quelques semaines, comme à une branche qu'on sait fragile mais dont on n'a besoin que le temps de repérer la suivante, les rencontres fulgurantes et les adieux qu'on ne sent pas passer, l'empreinte carbone qui fait mal et les grands paysages qui donnent le sentiment d'avoir tout compris à la vie.

Mais l'inconnu effraie, surtout ceux qui ne s'y sont jamais frottés, et Lolita s'est fait retourner le cerveau par des parents bouffis de fiertés et de craintes, bien attentifs à étouffer les moindres vœux inquiétants de leur progéniture dans une couverture capiteuse et moelleuse d'injonctions condescendantes.

Tu es jeune, tu sais, tu ne sais pas ce que c'est, les comptes à découvert, les galères, les vraies, pas celles dont on peut te tirer avec une signature dans le carnet de correspondance, tu crois que tout ira toujours bien, mais c'est parce qu'on veillait sur toi jusqu'ici, bientôt ce ne sera plus le cas, on s'estompera comme des ombres un peu traîtresses, ce sera même toi qui prendras soin de nous bientôt, et tu découvriras la possibilité des malheurs, des irréparables, et c'est maintenant que ça se joue, dans tes choix ou plutôt dans tes renoncements.

Le monde est dur, mon chat, on est désolés mais on n'a pas réussi à le changer pour toi, oui c'était plus facile pour nous, mais ça l'était encore plus pour nos propres parents et regarde, on a fait avec et on n'a pas à se plaindre aujourd'hui, et puis dis-toi que même si ce ne sera jamais fantastique, il est encore temps de faire en sorte que ça ne soit pas trop la panique.

On sera là pour te repêcher, mais pas trop quand même, si on pouvait éviter, on t'avoue que ça nous ferait plaisir.

On est fiers de toi, dans la mesure où tu fais tout pour.

On t'accompagnera, mais seulement sur les terrains que tu connais déjà.

On t'approuvera, mais ne compte pas sur le luxe des deuxièmes chances, on les a déjà vues nous passer sous le nez, il n'y a aucune raison que tu y aies droit à partir de là.

Et évite de nous faire complexer sur notre crise de la cinquantaine, tu seras mignonne, c'est déjà assez costaud à gérer.

Lolita obtempère, intègre sans s'en rendre compte, c'est une enfant apeurée, la tête toute molle des milliers d'histoires fictives qu'elle ingère à longueur de séries en se répétant que ce n'est pas pour elle, que le divertissement n'est voué qu'à éponger tout ce qu'elle ne pourra jamais vivre elle-même.

— Ça va, Loli ? vérifie Anastasia, une première fois tout bas, ensuite plus fort, malmenée par les crissements des rails.

— Ouais, ça va.

— C'est quand, la date limite pour tes candidatures ?

— Dans un mois, ça va, j'ai le temps.

— Et tu vas faire quoi finalement ? T'avais parlé d'école de photo ?

— Ouais, mais ça coûte une fortune et faut du réseau, papa et maman ont plus de thunes et moi je suis même pas sûre d'avoir du talent.

— Dis pas ça…

— C'est facile à dire pour toi, t'as tout fait comme il fallait, qui allait te dire que c'était pas une bonne idée d'aller à HEC ?

— Et je peux t'aider pour l'argent, tu sais…

— Plus trop maintenant, si ?

Non.

Certes.

Anastasia se recompose une assurance, ravale sa salive.

Lolita ne la regarde même plus, ça la dégoûte cette conversation, elle a déjà dû l'avoir avec des amies, d'autres comme elle qui savent mieux que sa grande sœur déjà plus très fraîche ce que c'est que d'avoir dix-huit ans et une vie entière de portes à laisser fermées.

— Pourquoi tu m'as pas dit pour ton cancer ?

Le métro s'immobilise.

Une tête se retourne vers Anastasia.

— Je te l'ai dit, tente cette dernière sans conviction.

— Ouais, après à peu près la terre entière, entre papa et maman, en trente secondes chrono, quatre mois après le début de tes traitements, merci bien.

— Écoute, si c'est pour être comme ça, j'ai plus envie de répondre...

Elle s'attend à ce que Lolita demande pardon, insiste, reformule.

Au lieu de ça, le silence.

Son regard dur, qui serait tellement plus facile à affronter s'il n'était chargé que de colère au lieu de cette déception humiliante.

Elle pense qu'elle a gagné, hein, qu'elle peut lui faire la leçon comme ça du haut de son mètre soixante ?

Ouais.

Ouais, elle a gagné, elle est dans son droit.

Anastasia n'a plus qu'à demander pardon.

— Je sais que c'était pas bien, que j'aurais dû vous en parler tout de suite, je...

— C'est notre station.

*

— Ma chérie, tu es...

— ... maigre à faire peur, je sais, tranche Anastasia avec un sourire sardonique, avant de rajouter d'un ton plus doux : T'inquiète pas, tout va bien, j'ai même pris un kilo la semaine dernière.

Son père acquiesce, ému, tremblant presque.

Il faudrait qu'il pense à s'endurcir un de ces jours, il commence à être sacrément temps d'avoir l'air adulte.

— Ah bon, dans ce cas, ça va…, souffle-t-il. Tu vas voir, on a fait du gratin comme tu aimes.

C'est vrai que ça va guérir tous ses problèmes, ça, du gratin, elle aurait dû y penser.

Pardon.

C'est d'être ici.

Ça la rend amère.

Il faut se faire sa place.

Sofia surgit, tout apprêtée, moulée de partout, aussi étouffée qu'étouffante, la saisit dans ses bras, l'ensevelit d'attentions, joue à la mère qu'elle a toujours rêvé de devenir pour elle.

— Ma belle, oh comme je me suis fait du souci pour toi, comme je suis heureuse de te voir, viens là, oh comme tu es maigre, c'est terrible…

Anastasia lâche un rictus crispé, se dégage de l'étreinte de sa belle-mère.

— Tout va bien, c'était un peu dur d'enchaîner les chimios, mais là… ça va, j'ai des examens bientôt, on sera fixés.

— Ma pauvre chérie, comment tu fais pour supporter tout ça ? s'exclame Sofia.

Oh, c'est très simple, je pense chaque jour à douze façons différentes de me foutre en l'air et je fantasme sur des livreurs à domicile pour tromper l'ennui.

— Je regarde des séries, je prends le temps de lire les livres que je n'ai jamais pu lire avant, j'appelle des amis… Je me repose, fait-elle d'un ton doucereux qui ne trompe personne.

— C'est bien, c'est bien, approuve Sofia. Bon, on passe à table ? Isabelle ne devrait pas tarder…

— Maman vient ? s'étrangle Anastasia.

— Désolée, minaude Sofia, quand Lolita m'a écrit pour me dire qu'elle t'amenait ici, je n'ai pas pu m'empêcher de la prévenir, elle veut tellement te voir, elle aussi…

— Classique, s'esclaffe Lolita.

Anastasia inspire.

La mauvaise fortune, le bon cœur, tout ça.

— Elle est en retard, j'imagine, raille-t-elle.

— « Juste une petite demi-heure », en tout cas c'est ce qu'elle m'a dit au téléphone, soupire Sofia.

La modeste assemblée s'installe, se dévisage, se sert, se jauge un instant sans savoir comment s'y prendre pour s'attaquer au bloc glacé de silence gêné.

— Bon, racontez-moi vos vies, je veux être mise à jour, finit par pépier Anastasia, faussement guillerette.

— Oh tu sais, tout va bien pour nous…, élude Patrick. Moi tout va comme d'habitude au boulot, Sofia a quelques expositions à venir, et Loli…

— Loli nous fait une crise existentielle, marmonne Lolita en singeant la voix de son père.

— Ah non Lolita, tu ne commences pas, on n'a pas vu Ana depuis des mois et toi tu nous fais déjà ton cinéma ! souffle Sofia.

— Lolita a des hésitations quant à son orientation, tempère Patrick.

— Des hésitations, ouais, exactement… Mes parents font tous mes choix de vie pour moi, ouais…

— Tu veux sortir de table, c'est ça ? tonne Sofia.

— Sofia, laisse, vraiment, ça ne m'embête pas…, glisse Anastasia. Loli, tu veux m'en parler ?

L'intéressée hausse un sourcil.

— Y a rien à dire. Je ne sais pas ce que je veux faire l'an prochain. Mais eux, ils savent mieux que moi, manifestement. Et de toute façon il est trop tard, toutes les procédures sont bouclées, j'ai été affectée, le bac est dans trois semaines, j'attends juste les réponses des deux écoles d'art que j'ai demandées mais c'est pas comme si ça allait marcher, qu'est-ce que tu veux que je fasse, je vais aller là où on m'envoie, ça fait dix-huit ans que c'est comme ça, je vois pas pourquoi ça changerait…

Anastasia laisse passer quelques secondes de réflexion, pensive, gênée.

— Mais toi, tu as des envies ?

— Moi, je voulais voyager, à la base.

Sofia roule des yeux.

Patrick se ratatine sur son assiette.

— Partir, en Europe, seule, bosser par-ci par-là, rencontrer des gens, réfléchir, faire des photos, écrire, prendre mon temps au lieu de foncer directement dans un tunnel avec encore plus de dissertations et d'exposés, je veux dire, ça fait sept ans que je pourris dans le même bahut, j'ai le droit de partir à un moment, non ? Enfin, je sais pas, je suis presque majeure, merde ! explose Lolita.

— Anastasia, je suis vraiment désolée de t'imposer le comportement de Lolita comme ça, j'espère que tu ne nous en voudras pas, siffle Sofia, ignorant superbement le regard furieux de sa fille.

— Ça ne me dérange pas, assure Anastasia, dépassée.

La porte s'ébranle.

Une tornade bariolée déboule dans l'entrée avec sa voix stridente.

Isabelle s'impose, devine le conflit en un coup d'œil et l'absorbe d'une simple anecdote légère, dévalise l'assemblée de toutes ses velléités de tension pour devenir l'unique protagoniste de la conversation, laisse promener sa main fine sur la joue creusée d'Anastasia, joue, pouffe comme une collégienne, lance une remarque un peu vache à son ex-mari, déblatère dix minutes sur les circonstances chaotiques de son trajet, puis vingt sur son retour dantesque en France après son voyage au Laos, puis trente de plus à brosser une analyse différentielle des mœurs vietnamiennes et cambodgiennes, glissant à peine une question rapide sur l'état de sa fille avant d'embrayer sur ses découvertes culinaires des dernières semaines.

Le déjeuner finit en café interminable, le conflit se fait gentiment oublier.

Anastasia se surprend même à rire, à ignorer le regard inquiet des convives sur son visage émacié, son crâne luisant, les creux de ses bras ponctués de meurtrissures.

Isabelle éclipse tout, transforme les inquiétudes en autant d'occasions de se distraire.

Anastasia lui en est reconnaissante, quelque part.

C'est déjà assez pénible de sentir combien Patrick la couve des yeux, la déshabille, la caresse, l'implore avec son silence délicat et pitoyable de ne pas devenir plus malade qu'elle ne l'est déjà.

Moins terrible que les reproches qu'elle redoutait, mais ça reste pesant.

Cette sollicitude, cette préoccupation sourde, ces sangsues précautionneuses avides du moindre renseignement, du moindre aveu de faiblesse, du moindre rétropédalage.

Cette bienveillance intéressée, cette douceur teintée d'hypocrisie défraîchie, la façon dont on la couve, dont on la préserve, ça l'écœure.

Elle n'avait pas besoin de pitié.

Il ne lui fallait que les piques amusées de sa mère, ses soupirs faussement atterrés, ses questions de quinquagénaire qui refuse d'admettre qu'elle ne sera jamais grand-mère.

Oui, maman, oui.

Oui, elle est toujours célibataire.

Oui, elle a toujours une sale gueule, elle a l'air de dormir trois heures par nuit et c'est le cas, elle voit toujours les mêmes amis pas marrants, elle a encore annulé ses vacances.

Oui, elle est toujours Anastasia, la trop sage, la trop appliquée, la trop compliquée.

Oui, elle fera un effort pour devenir un peu plus fantaisiste.

Non, elle ne s'est pas inscrite sur un site de rencontre, oui, elle sait qu'il en existe de formidables aujourd'hui.

Non, elle n'a toujours pas envie d'enfants, oui, elle sait que même l'adoption ça irait à sa mère, mais non, vraiment, pas moyen.

L'interrogatoire rituel défile, la tête d'Anastasia suit sa chorégraphie immuable de refus et d'approbations inchangés.

Lolita sourit, alanguie dans un coin, une tasse de café trop froid entre les mains, son téléphone vibrant à intervalles réguliers, un rien de douceur dans le regard qu'elle pose sur sa sœur.

Quatre heures, déjà, il va falloir y aller, Isabelle se lève, s'empresse, se déshabille pour mieux renfiler les couches dans l'ordre adéquat, embrasse Patrick trois fois et Sofia aucune, s'apprête à courir vers la porte, mais s'arrête un instant, saisit le bras raide d'Anastasia, caresse l'arrière de son crâne, la fixe d'un air grave et solennel que personne ne lui a jamais connu, et lui murmure :

— Tu vois, tu es toujours pareille, ma chérie.

Oui, elle le voit, maintenant.

Rien n'est perdu.

*

Les résultats arrivent demain.

Il a recommencé à faire froid.

Hors de question de guérir tant que l'été n'est pas arrivé.

Ce devrait être une journée de plus, comme elle en a connu des centaines désormais, un marathon collant et empesé de contemplation d'écrans bavards et de dédales mentaux sinueux.

Dormir, pas trop, vomir, un peu, gémir, beaucoup, gésir, sans rien dire.

Manger, pas tellement, espérer, même s'il ne faut pas, patienter, toujours.

Mais aujourd'hui, elle n'y arrive plus.

Aujourd'hui, tout se bouscule, tout en elle s'insupporte et s'impatiente, les habitudes ont fait leur temps, les murs se sont resserrés, les aiguilles de sa montre la percent de leur insatisfaction chronique.

Il est midi.

Elle voudrait sortir.

Elle n'osera pas.

Au lieu de ça, elle commande une pizza.

Elle ne la mangera pas, évidemment.

Non, ce qu'elle veut, c'est Nicolas.

En vingt minutes, il est là.

Il ne la déçoit jamais.

Toujours à l'heure.

Toujours la même façon de sonner, trois petits coups rapprochés et de plus en plus insistants.

Elle lui ouvre, lui sourit.

Il a l'habitude de la cliente bizarre qui le dévore des yeux, maintenant, alors il fait de même.

Elle n'a que quelques secondes, le temps de faire semblant de chercher sa monnaie et ses mots.

— Vous... Est-ce que tu veux rentrer ?

Il reste pantois, les yeux plissés.

— Pardon ?

Ses joues prennent la teinte du poivron de sa pizza.

Elle balbutie, manque de faire tomber le carton.

— Rien, c'est juste... je vous aime bien, pardon, je ne sais pas pourquoi j'ai dit ça, je dois être un peu malade, enfin, oui, je suis malade, vous le voyez, mais pas comme ça, enfin il ne faut pas accepter de sortir avec moi juste parce que vous avez pitié de mon cancer, je suis vraiment désolée, je ne sais pas ce qui me prend, faut vraiment que j'arrête de parler, et euh, ce n'était pas romantique du tout, désolée, en plus vous devez avoir une copine, ou un copain, donc... je vais vous laisser.

Elle baisse les yeux, l'intégralité de ses organes corporels en désintégration libre et assumée.

— On pourrait aller prendre un café, j'imagine, finit par proposer une voix dont elle découvre pour la première fois les modulations au-delà des mots « Bonjour », « Douze euros s'il vous plaît » et « Bonne journée ».

Elle le dévisage, béate, presque choquée.

— À tout à l'heure ? lui lance-t-il, déjà un demi-étage plus bas.

— Comment…

— Je sais où vous habitez, fait-il avec un clin d'œil qui lui arrache le cœur et le précipite le long des escaliers vernis.

*

— Admets que tu me prenais pour une folle, s'esclaffe Anastasia, le visage très subtilement incliné sur le côté.

— Ah complètement, répond Nicolas sur le même ton.

Non.

Hugo.

Pas Nicolas.

Vraiment, elle ne s'y habitue pas.

— Au début, je pensais juste que t'étais un peu triste, un peu seule, je sais pas, après j'ai fini par voir que t'avais quand même l'air de faire une petite fixette sur moi, j'avoue, et là je me suis posé des questions…

— Tu me pardonnes d'être folle et triste et seule ?

Il prend un air sérieux qui ne lui va pas du tout.

— Je te pardonne officiellement.

Elle se détend, prend quelques secondes pour enfin le regarder dans les yeux, sous un éclairage à mille lieux des néons mal dépoussiérés de sa cage d'escalier.

— Je peux te raconter ma vie ?

— T'as pas déjà commencé à le faire ?

— Je t'ai rien dit, encore, proteste-t-elle. Juste quoi, mon nom, mon métier ?

— Ta belle-mère maniaque, ton père, ta sœur, ta mère complètement folle mais que tu adores depuis hier, ton CV qui fait peur, ta meilleure amie et son mec à mourir d'ennui…, énumère-t-il.

— Bon, OK, je radote. À toi. Dis-moi, lui lance-t-elle avec un sourire ravi.

— Dis-moi quoi ?

— Ce que tu veux. Comme moi. Gratuit. Illimité. Je t'écoute.

— Je déteste ce putain de boulot.

— Je te comprends.

— C'est horrible. J'en peux plus. J'ai hésité à passer chez genre Uber Eats et tout ça, mais quand je vois l'état de mes potes là-bas, je me dis que j'ai échappé au pire.

— Mais t'as rien trouvé d'autre…

— J'ai pas tellement intérêt à changer. Là, au moins, ça me fait sortir, je suis à vélo toute la journée, j'ai Paris. Je vois des gens. Et ça reste temporaire…

— Tu faisais quoi avant ?

— De la bio, j'allais entrer en master, mais j'ai dû arrêter. Là c'est juste un job alimentaire, ma mère est malade, on n'a plus les thunes pour que je finisse la fac…

— Tu reprendras quand ?

— Bientôt, j'espère. Ça fait déjà deux ans, quoi.

— T'as fait le tour, complète-t-elle.

— Ouais. Voilà.

Il remue sa paille dans son verre.

Il a pris la même chose qu'elle.

Sans doute pour ne pas la mettre mal à l'aise.

Il faut vraiment qu'elle réussisse à l'embrasser tout à l'heure.

— Et toi, tu fais quoi ? finit-il par la relancer.

Elle a un regard amusé.

— Ce que je faisais plutôt, ouais..., corrige-t-elle, sans amertume, dans un simple constat.

— Pardon, je voulais pas...

— Non, non, ça me gêne pas d'en parler, lui assure-t-elle. J'étais consultante en stratégie d'entreprise.

Elle retient un rire face à ses yeux éberlués.

— Ouais, voilà, exactement, c'était à peu près aussi inspirant que ton visage là maintenant tout de suite.

— Mais... t'aimais ça ? articule-t-il lentement, incrédule.

— Si j'aimais ça ?

Elle bascule en arrière, lève la tête vers le plafond sombre du petit café de quartier où ils ont échoué sans trop savoir où ils mettaient les pieds.

— Je ne me posais pas vraiment la question, en fait.

— Tu plaisantes ?

— Non. Non, tu sais, moi, je pensais en termes d'étapes. De plans. De là où il fallait être pour pouvoir passer à autre chose, puis à encore autre chose, toujours au bon moment...

— C'est triste, non ?

— Maintenant, quand j'y repense, oui. À l'époque, non, j'adorais. Je me trouvais...

Elle croise les yeux d'Hugo à nouveau, sonde son expression perplexe.

— J'étais persuadée que j'avais tout compris mieux que tout le monde, si tu veux. Je voyais mes anciens potes du lycée qui se cassaient la tête à se demander s'ils aimaient vraiment ce qu'ils faisaient, s'ils s'épanouissaient, s'ils n'auraient pas dû essayer autre chose, enfin bref, qui commençaient le boulot de réflexion que j'aurais dû faire aussi, mais je me disais que moi j'étais différente, que j'avais une vision, un truc qui me poussait, une ambition... Je faisais confiance. Je pensais que le sens de tout ça finirait par se dégager, un jour, lorsque j'aurais atteint un certain poste, un certain salaire...

— Tu devais être pétée de thunes, commente Hugo.

— Ah ça.

— Là, tu vas me dire que l'argent ne rend pas heureux, c'est ça ?

— Non, clairement non.

Il a un soupir dont on ne saurait dire s'il relève davantage de l'amertume ou de l'amusement.

— Je vais pas te mentir, proteste-t-elle. On n'y pense plus, on ne le voit plus, on est trop seul et trop triste pour réaliser les sommes qu'on entasse. Ça partait en frais du quotidien, en restaurants trop chers, en appartements trop grands. J'en ai gardé une partie, quand même. Ça me fait de la marge, là, en plus des allocs...

— Tu vas y retourner ?

Elle déglutit.

C'est le premier qui ose le lui demander.

Et elle va devoir lui dire la vérité.

Il lui a toujours été plus difficile de mentir aux inconnus.

— Tu sais...

Elle essaie de se constituer un laïus sur la raisonnabilité, le devoir, la continuité, la résilience.

Elle attend.

Rien ne vient.

— En fait, non. Pas tout de suite. Sans doute à temps partiel en juillet, histoire de mettre mes dossiers en ordre, et puis je partirai en vacances. Et après… on verra.

— Tu viens de prendre la décision, là maintenant ?

— Ouais, confirme-t-elle. Ouais, exactement.

— Et tu vas faire quoi alors ?

Elle hausse les épaules, un grand sourire radieux barrant son visage soudain élastique.

— On va voir. Bouger, un peu. Pas loin, hein, juste bouger. Je vais…

Lolita.

Son rire sonore.

Sa bougeotte.

— Je vais emmener ma petite sœur en voyage cet été.

— Ah, ça j'aime. Où ?

— On pourrait aller voir ma grand-mère. On va faire ça. Elle habite au bord de l'Atlantique, sur l'île d'Oléron, elle a une maison là-bas… Et ça fait trop longtemps.

Elle est prête à revoir Jeanne.

Maintenant qu'elle a de nouveau envie de survivre à sa grand-mère.

— C'est un bon plan, approuve Hugo.

— Un très bon plan, murmure Anastasia en écho.

— Tu penseras à moi ?

— Peut-être.

— Et si je te donne mon numéro, tu m'appelles à ton retour ?

Oh.
Ça se pourrait.

*

Anastasia sort du café, le foulard en pagaille, les gestes encore enrobés de quelques filaments de rire et de fébrilité ravie.
Et il s'impose à elle.

Ça devait arriver.
Paris n'est pas si grand, surtout quand on se cantonne aux quartiers soyeux des grandes rues symétriques, des cafés intimistes et des appartements haussmanniens.
Elle s'y attendait, plus ou moins.
Elle allait finir par croiser Louis à nouveau.
Elle n'avait simplement pas pensé au fait qu'il pourrait ne pas être seul.

Il est là.
Mince, élégant, si réel qu'il en devient douloureux à regarder, à naviguer avec l'autre entre les terrasses de plusieurs restaurants, hilare, loin d'être pressé.
Il a le choix de tout, même de la femme qu'il affiche, le monde lui appartient.
Il n'a pas changé, bien sûr, ça ne fait qu'une poignée de mois.
Les cheveux à peine plus longs, le dessin de la barbe un peu décalé, à moins qu'elle n'ait juste déjà oublié ce à quoi il ressemblait à l'époque.

Sa morgue malicieuse toujours pendue à ses lèvres, son allure nonchalante à contre-courant de l'agitation des passants.

Et à son bras, Lisa.

Son carré châtain, sa chemise toute simple, son petit sac précieux, ses expressions unilatérales, le carillon strident qui lui sert de voix.

Anastasia pourrait filer sans demander son reste, se cacher, continuer à disparaître de la vie de Louis avec la même application que depuis le début de l'hiver.

Au lieu de ça, elle se fige.

Ses paupières glacées et incrédules
Se battent se noient et se brûlent
Deux papillons de givre
Aux ailes désagrégées

Créatures jumelles
Vaillantes sentinelles
Deux filles de satin
Au destin incertain

Louis avec une autre
Une absence consommée
L'espoir incinéré
La légèreté qui se vautre

Dehors la nuit qui chante
Sa sérénade morbide
Les amoureux qui se vantent
De leurs histoires insipides

Dedans le cœur qui bat
Sans trop savoir comment
Étourdi des ébats
Dont l'envie le rend dément

Il va la repérer.

Sa tête se tourne vers elle par un hasard évident.

Il la reconnaît tout de suite.

Malgré les cheveux, malgré les cernes, malgré la fatigue.

Il se précipite vers elle, il est comme ça Louis, il peut être cruel parfois, mais pas au fond, pas vraiment, pas quand la compassion s'impose.

— Ana !

Elle peut compter sur les doigts d'une main le nombre de fois où il l'a appelée comme ça.

Après leur premier baiser.

Après leur première nuit sans sommeil.

Un jour, au restaurant, dans un grand éclat de rire.

Et là, maintenant, dans la rue, avec son cancer entre eux deux, invité glauque et fier de son petit effet dont le ricanement cynique ne donne envie que de déguerpir.

Il la saisit par les épaules, la secoue presque.

Lisa avance vers eux à petits pas, comme subjuguée, à deux doigts de paraître franchement dégoûtée.

— Qu'est-ce que… Oh, mon Dieu, Ana, je suis désolé.

Une étreinte absolue, totale, désespérée, son odeur comme une grande claque en pleine figure, sa présence envahissante, ses sentiments incongrus.

Trop.

— Ça va, ça va, balbutie-t-elle en se dégageant des bras trop familiers de Louis. C'est moi, j'aurais dû t'appeler, te prévenir…

Son visage se tord en une grimace tout sauf discrète.

Il hésite à lui poser la question qui lui ronge déjà les tripes.

— Je ne savais pas encore que j'étais malade, le jour où tu es parti, ment-elle.

À quoi bon lui dire.

Il n'est déjà plus vraiment là, ce n'est pas comme s'il allait revenir.

Autant lui éviter de souffrir.

— J'aurais dû…, commence-t-il.

— Tu ne pouvais pas savoir.

Un silence.

Une gêne intense, douloureuse, intime.

— Toi, tu vas bien ? le relance-t-elle.

— Oui, finit-il par avouer, comme à contrecœur. On va se marier, avec…

La fin de la phrase se perd.

Le nom n'a pas même à être prononcé.

— Je suis contente pour vous. Vraiment, insiste Anastasia.

— Merci.

Il n'est pas dupe.

— Bon, je vais y aller, je ne vous retiens pas plus.

Il hésite.

Se précipite :

— Ça m'a fait plaisir de te revoir. Tu es toujours aussi… aussi forte.

C'est mignon.

C'est raté.

— À bientôt Louis.

Elle le laisse partir.

Bien sûr qu'elle le laisse partir.

Elle a perdu tout droit sur lui, le jour des cris, le jour du miroir, le jour où elle a choisi de rester seule et de se taire, le jour où elle a décidé avoir échoué avant même d'avoir pris connaissance des règles du jeu, le jour où elle a démissionné de tout ce qu'il était encore trop tôt pour choisir de quitter.

Elle n'a pas à se plaindre.

Elle a dévié.

Elle est déjà loin.

— Est-ce que je peux faire quelque chose pour toi ? lui demande-t-il tout à coup, sous l'impulsion d'un regret soudain, d'un souvenir particulièrement tendre ou d'un doute mal avisé.

Est-ce que tu peux m'aimer ?

Plus vraiment.

M'écouter ?

Je n'en ai même pas envie.

Me comprendre ?

Si peu.

Me sauver ?

Pitié.

Me supporter ?

Laisse-moi rire.

Me protéger ?

C'est fini, tout ça.

— On s'occupe de moi..., finit-elle par murmurer, doucement.

Sans rancune.

Sans illusion.

Avec un sourire triste et pur.

— Je vois, fait-il en écho, le regard gris.

Il n'a pas l'habitude.

Les mains vides, le découragement, la désillusion.

Elle sait ce que c'est.

Ça fait peur.

On n'est pas prêt.

Il n'a pas à subir ça.

Ce n'est plus son histoire.

Ça ne l'a jamais vraiment été.

Elle et lui, c'étaient les circonstances, l'audace et la transgression.

C'était ce qu'on ne se serait jamais permis d'assumer.

C'était une embardée, une escapade un peu folle et très toxique, une bulle d'excès qu'ils avaient su percer à temps.

C'était fini depuis longtemps.

Ça n'avait jamais été voué à devenir autre chose que du passé.

— Tu m'enverras de tes nouvelles ? J'aimerais vraiment que tu ailles bien, j'aimerais qu'on se revoie, je…

Elle l'arrête d'un geste.

— Je te tiens au courant, promis.

Lisa ne dit toujours rien.

Ses yeux brillent doucement.

Des larmes, peut-être.

Anastasia ne s'y attarde pas.

Ce n'est pas son problème.

— Alors à bientôt ? lance Louis, à mi-chemin entre l'ordre et la question.

— À bientôt, fait mine de confirmer Anastasia.

Il n'a pas besoin de comprendre tout de suite que c'est fini et que ça le restera.

Il s'en va.

Les pas alourdis, la tête penchée, les lèvres abaissées.

Lisa le porte, le caresse.

Elle sera là pour lui.

Anastasia n'en doute pas.

Elle va rentrer chez elle.

S'asseoir.

Pleurer, beaucoup.

Frapper ses coussins, insulter les photographies périmées, aligner les lignes d'imprécations stériles.

Ne pas dormir.

Ne pas oublier.

Ne pas passer à autre chose.

Des heures de larmes acides
Et de récriminations humides
Autant d'imprécations stupides
Dans un lent délire insipide

Une soirée à pleurer
Ce qui n'a jamais été
Un regret triste et malade
Une plainte qui se sait déjà en rade

Petite fille pourrie gâtée privée de son Noël
Toute dévouée à déverser son fiel

Princesse en carton qui refuse de reposer
Sa couronne puérile de fausse fierté

Déçue et amère de s'être encore fait piéger
D'avoir recommencé à espérer
Une soirée à tout maudire, quelques dernières heures d'insolence
Puis la guérison, le calme revenu, la résilience

Demain.

Demain, elle rêvera de son été, de son voyage, de la côte Atlantique, de l'impatience de Lolita.

Elle gravera en elle le sourire d'Hugo, sa présence enfin familière.

Elle pensera à Iris, lui écrira, sans doute.

Elle attendra.

Le reste, les résultats, les bilans.

Le futur.

Demain les renouveaux.

Demain les recommencements.

*

L'enveloppe est là.

Anastasia relit, décortique, froisse le papier entre ses mains, comme si ça allait changer quoi que ce soit aux chiffres moribonds.

C'est mauvais.

C'est mauvais, ça pourrait être pire.

Il va falloir faire des analyses complémentaires, d'ici deux mois, environ.

En plein mois d'août.

C'est indécent de devoir se confronter à ce genre de sentence en plein été.

Apprendre qu'on va mourir en hiver, c'est moins cruel.

À cette époque-là de l'année, on n'a presque rien à perdre.

Hugo lui a écrit.
Il veut la revoir.
Elle en meurt d'envie.
Non, mauvais choix de mots.
Elle en bouillonne d'envie.

Tout est possible.
Rien n'a jamais paru aussi compromis.
Elle tourne en rond.
Il n'y a plus qu'une chose à faire.
Renouer.
Parler.
Avouer.

On se voit bientôt ?
J'ai besoin de toi Iris.
Vraiment.
Je t'aime

II

DEHORS

Iris

Rouges.

Les ongles d'Iris sont rouges aujourd'hui.

D'un beau rouge carmin, vif, puissant.

Laqués, carapacés, aiguisés.

Rouges.

Demain déjà, il faudra changer de couleur.

C'est comme ça.

Depuis des semaines.

Demain, ce sera bleu.

Bleu profond, soyeux, hypnotique.

Mais pour l'heure, c'est encore rouge.

Son monde est rouge.

Rouges, les yeux injectés de sang.

Rouge, son haut, cadeau d'anniversaire.

Rouges, les reflets moirés de son verre de vin.

Rouge, son cœur qui palpite, un peu ivre.

Rouges, les jointures de ses doigts.

Rouge, son crâne hier – ses hoquets étouffés, le geste précipité pour essuyer ses larmes alors que la porte d'entrée s'ouvrait.

Rouges, les traînées de rouge dans le lavabo ce soir, tout à l'heure, serpents d'acrylique et d'acide déversés par sanglots, les cotons comme tachés de sang, l'odeur du dissolvant et ses vapeurs, puis une nouvelle couche, une nouvelle couleur, une nouvelle journée, une nouvelle illusion.

Collectionner les vernis, ça ne fait peur à personne.

Les vernis, c'est normal.

Personne ne tique face à des ongles multicolores, des mains soignées, au contraire, on trouve ça charmant, féminin.

Si c'était de l'alcool par exemple, elle serait déjà barricadée chez le psy, signalée, surveillée.

Là, on la laisse en paix.

En même temps, qui irait imaginer le contenu de ses placards, les lueurs irisées des jolis petits flacons alignés ?

Qui irait imaginer ses séances de manucure du soir, son petit réconfort liquide et tiède, sa dose d'amnésie instantanée, son ivresse maîtrisée ?

Qui irait imaginer les levers nocturnes, les conciliabules muets face à son visage malade dans le miroir de la salle de bains, les listes, les dénombrements, les monologues internes ?

Ça n'a rien à voir avec une addiction ou une maladie, c'est un rituel comme un autre, un peu moins sain peut-être, mais ça la fait tenir, et elle n'a jamais dérapé.

C'est son objet transitionnel, son moyen personnel de se tenir cramponnée aux branches de l'imposant arbre social auquel elle a toujours si bien grimpé.

Ça ne regarde personne.

S'absorber dans la couleur du jour.

Oublier ce qu'elle ne peut dépolir.

Vernir.

Recouvrir.

Cacher.

Taire.

Il faut qu'elle arrête.

Avant, ça restait discret.

Elle tenait une semaine, cinq jours dans le pire des cas avec la même couleur.

Le besoin de distraction restait contrôlable, docile, tranquille.

Ce n'est qu'après plusieurs mois qu'il a commencé à bouillonner.

Aujourd'hui, elle ne maîtrise plus rien.

Ça va commencer à se voir.

Son regard paniqué, ses mains tordues, la façon dont elle compte les secondes dans une frénésie mal contenue.

Anastasia ne commente pas.

Elle a tout vu, tout compris, c'est certain, c'était son métier avant, lire les comportements humains, analyser, briser aussi, instrumentaliser parfois.

Elle a une sale tête.

Désolée, c'est la vérité.

Elle s'est maquillée.

Elle n'aurait pas dû.

Ça ne rend pas pareil qu'avant, ça lui donne de vieux airs de grand-mère plus vraiment habituée à sortir, c'est triste, presque grotesque en fait.

En même temps, Iris ne peut pas lui en vouloir.

Mieux vaut ça que la réalité de son visage ravagé par la chimio.

C'est dégueulasse de penser ça.
Tout ce qu'Iris pense en ce moment est dégueulasse.
Elle avale une gorgée.
Rouge, le rouge dégouline en elle.
Aucune n'ose prendre la parole.
Toutes deux aiment trop avoir le dernier mot pour songer au premier.
— Tout va bien mesdames ?
Iris tend vers le serveur un visage empli de gratitude.
— Oui, merci. La même chose, s'il vous plaît…
Rouge.
Trop de rouge.
— Attendez, non, en fait un jus de pomme, c'est mieux.
— On est raisonnable ce soir, commente le serveur avec un petit sourire.
— Il faut bien, demain on travaille…
Les deux rient, une paillette de séduction dans le regard.
« Demain on travaille ».
Iris se fige.
Anastasia.
Anastasia ne travaille plus.
Demain, elle n'a pas à se lever.
Elle n'a pas à y aller.
Elle n'a nulle part où aller.
— Ouais, demain on travaille, ricane l'intéressée.
Pas d'amertume dans sa raillerie.
Un simple amusement.
Elle est au-delà de la vexation.
Elle nage tout entière dans la résignation.
— Ça te manque ?

— De ?

Vivre.

— La boîte. Les gens. Tout ça, précise Iris.

— Tu ne peux pas t'imaginer à quel point.

Non.

Clairement, Iris ne peut pas.

Le boulot, c'est à peu près la seule chose qui lui permette de se sentir stable en ce moment.

Anastasia soupire :

— Au début, j'étais presque trop paumée pour mettre des mots sur ce que ça me faisait de ne plus bosser. Et après… après j'ai compris qu'en fait, ce que je prenais pour du soulagement, c'était une dépression.

— Ah…

Qu'est-ce que tu veux répondre à ça ?

Iris s'en doutait en même temps, elle n'est pas aveugle.

Les ongles rongés, l'air défait, l'espèce de latence flottante à chaque début de phrase, les mots ébréchés, les yeux glissant sur les lignes du menu.

L'air de quelqu'un qui ne sait plus vraiment ce qu'il est censé retirer du présent.

L'air de quelqu'un qui a renoncé à trouver de quoi profiter du cours de ses journées.

— Laisse, marmonne Anastasia. Pas la peine qu'on commence à faire ma psychothérapie.

— Non, mais on peut tout se dire…, ébauche Iris. C'est fait pour ça, des amis.

Elle-même reste dubitative, à ces mots.

C'est quoi, les amis dont Anastasia a besoin ?

C'est quoi, l'amie qu'Iris a renoncé à être ?

— De quoi tu veux que je te parle ? Des traitements ? Crois-moi, c'est la dernière chose dont t'as envie d'entendre parler.

Anastasia secoue la tête.

— Non, désolée, tu vois je recommence, je deviens agressive et… je suis désolée, je sais pas, j'arrive à rien. C'était une mauvaise idée, je vais te laisser.

Iris l'arrête d'un geste.

— Tu peux me dire tout ça. S'il y a bien quelqu'un à qui tu peux raconter les détails glauques, c'est moi, je connais le glauque, je sais faire, je maîtrise.

— Rien n'est glauque dans ta vie, fait Anastasia avec un rire. Tu es sublime, jeune, t'as aucun problème de santé, d'argent, mieux que ça, tu cartonnes dans ton boulot, t'as le mec le plus impeccable de la planète, enfin vraiment, je sais que c'est toujours plus compliqué que ça n'en a l'air et qu'il ne faut pas se fier aux apparences, tout ça, mais là, honnêtement, le glauque dans ta vie, j'en vois pas.

Iris pince les lèvres.

— Non, tu n'en vois pas. Personne.

— Je voulais pas te blesser, rattrape Anastasia. C'est juste… C'était très gentil de ta part de me proposer de m'écouter, mais ça ne sert à rien, ça ne m'aidera pas, tout ça je l'ai déjà ressassé des heures et des heures, et je n'ai plus envie de le ressortir. C'est tout.

Iris retient un soupir de déception.

Anastasia était censée voir juste.

Elle était censée déceler les mensonges d'Iris, la percer à jour, lui faire tout le mal dont elle a besoin pour se relever.

Mais non.

Elle est aussi aveugle que les autres.

— Je sais que tout va bien pour moi, commence Iris, le souffle presque court. Je sais tout ça, et je suis reconnaissante pour ce que j'ai, mais… ça n'empêche pas que c'est dur pour moi aussi, parfois… la vie. Je sais que j'ai aucun droit de dire ça face à toi, mais…

— Le fait que je sois malade ne t'interdit pas de souffrir, tranche Anastasia. Tu peux m'en parler, si tu veux.

En parler ?

Pourquoi pas.

Elle ne saurait même pas par où commencer.

Par le vernis peut-être, ça paraît logique.

C'est sa nouvelle drogue.

Certains se piquent, d'autres sniffent, elle se fait des manucures.

C'est pathétique.

Ça a commencé l'an dernier, à cette époque où chacune de ses nuits était le théâtre d'une pesante et pénible insomnie, où la cuisine se faisait témoin de l'errance de sa grande silhouette nerveuse, où il ne lui restait plus qu'à contempler le comptoir, le sol, ses mains.

Petit à petit, l'urgence de se nettoyer.

De changer.

De s'embellir.

Pour rire, une nuit, elle s'est fait les ongles.

La semaine d'après, aussi.

Ça lui faisait du bien.

Petit à petit, le vernis s'est taillé une place de choix dans son espace mental.

Mine de rien, se peindre les mains, ça demandait tellement de travail.

Choisir la bonne couleur.

Regarder des vidéos.

Imaginer toujours plus de formes, de motifs, de contours, d'imprimés, d'extensions.

Déverser tout le temps dangereux dans un loisir mécanique, superficiel, condamné à se déliter sous l'effet des jours qui passent.

Étouffer les peurs et les regrets dans l'œuf.

Avant le vernis, elle avait failli verser dans l'alcool.

Elle s'était retenue, juste à temps.

Trop grave.

Trop mortel.

Trop visible.

Elle buvait déjà un peu avant, comme tout le monde, gentiment depuis l'adolescence, dans l'extase des interdits licites, avec le sentiment de se découvrir marginale, tendancieuse, provocatrice, puis plus dangereusement à l'âge adulte, lorsque boire était devenu moins harmonieux, plus sale, plus violent, avec les gueules de bois minables et les souvenirs qui se faisaient la malle, honteux de leurs propres extrêmes, l'argent complice du désastre, maintenant qu'elle avait le sien et qu'elle n'avait plus à penser à ses réserves, le reste de son univers conspirant à l'enfoncer dans ses petits dérapages rituels, à coups de cocktails, soirées, dîners d'affaires ou pendaisons de crémaillère.

Et pendant quelques semaines, toute seule.

Jamais beaucoup.

Un fond, comme un carré de chocolat.

Juste pour sentir le goût ambré de l'alcool sur ses lèvres.

Agripper son verre, un instant, s'assurer de son poids, de sa fraîcheur contre sa peau fébrile.

Demeurer debout dans sa cuisine, tandis que l'autre dormait, là-haut, une parenthèse d'abandon au cours de laquelle elle ne devait plus rien à personne, ni la gentillesse, ni le sourire, ni la distinction, ni le silence, ni les cheveux dociles, ni les poses pathétiques.

Maintenant, c'est le vernis.

C'est mieux.

Plus tangible.

Plus fiable.

S'effacer rageusement chaque soir, à grands coups de chiffon imbibé de dissolvant, venir à bout d'elle-même, s'arracher doigt par doigt et s'ensevelir immédiatement sous un nouveau manteau coloré et mensonger.

Briser juste pour elle l'illusion d'une perfection qui n'a jamais fait que la pousser à mentir.

Être seule, moche et folle, et en même temps aucun des trois tout à fait, juste pour voir, juste pour y croire.

C'est aussi la faute de Grégoire.

Lui, son amour, ses manières.

C'est lui qui la rend dingue.

Enfin, pas vraiment, ce serait faux de dire ça.

Il lui reste encore un fond de responsabilité pour le reconnaître.

Il n'y peut rien.

Il ne doit pas savoir.

Elle s'en sortira sans lui.

Elle n'est même pas sûre qu'il y ait quoi que ce soit dont elle aurait à se sortir.

Juste quelques traînées d'oubli.

Elle est bien, au fond, dans son petit antre d'obscurité un peu sale, un peu moite, un peu repoussante, où elle évite d'affronter des regards de plus en plus inquisiteurs.

Les soirées qui coulent, gorgée par gorgée, la musique douce parfois, comme un enrobage sucré autour de son petit crime organisé.

Parfois, le fantasme de s'imaginer tout dévaster, de commettre des irréparables, tous ces dégâts qu'elle ne s'est jamais laissée explorer.

Tout le temps, le retour dans le lit immense qu'ils n'ont acheté que par orgueil, son corps abruti par la tristesse, l'étreinte étouffante des draps en lin, la respiration tranquille de l'autre qui ne se doute de rien.

C'est un peu à cause de lui, quand même.

Au départ, il était tout pour elle, son moteur, sa source d'eau claire, son partenaire, son oreille attentive, toutes ces choses niaises et dispensables dont on s'invente le besoin une fois qu'on les a sous la main.

Non, ça y est, elle recommence, elle redevient cynique.

Elle n'est pas comme ça, normalement.

Mais ces derniers temps, elle ne sait plus que jouer.

Prétendre qu'elle se moque de lui.

Prétendre qu'il lui est accessoire.

Qu'elle vit en dehors de lui.

Qu'elle est libre de lui.

Prétendre qu'elle pourrait trouver mieux, qu'elle s'ennuie, qu'elle a de vraies raisons de lui en vouloir.

Prétendre qu'il n'est pas l'homme de sa vie.
Prétendre qu'il n'est pas tout ce qu'elle mérite.

Prétendre, quand la réalité, c'est qu'il l'a ingérée, qu'il a fait d'elle l'une de ses extensions, une fonction sociale, physique, émotionnelle, une colonne figée aux belles marbrures et aux reliefs soignés, un apparat, un oiseau chanteur, une poupée à câliner chaque soir et à rassurer avec les mêmes mots au fil des semaines, ceux que l'on choisit pour les enfants, des mots stupides, transparents, manichéens, naïfs.

Prétendre, quand cela fait des années qu'elle a oublié comment rêver à d'autres caresses que les siennes, moins sages, moins policées, moins ritualisées, qu'elle n'a d'autre projection que celle qu'il partage avec elle sur leur petit écran familial, que son esprit n'a plus aucun intérêt à s'aventurer en dehors des frontières de leur insipide royaume personnel.

Il est parfait, Grégoire, tout le monde le lui dit, elle le pensait même, autrefois, il n'y a pas si longtemps.

Cinq ans de plus qu'elle, juste assez pour rassurer son entourage et la placer sous sa coupe à lui, pas trop non plus, sans quoi on aurait haussé les sourcils et pouffé de la voir maquée à un vieillard.

De toute façon, c'est simple, elle l'a compris très vite, quoi qu'elle fasse, ça n'ira jamais.

Grégoire est avocat, le genre qui claque, impose et gagne, un diplôme reluisant rehaussé d'un an d'échange à George Washington en poche.

Ça fait douze ans qu'ils sont ensemble.

C'est fou, pas vrai ?

C'est ce qu'ils disent, les autres :

« C'est fou ! »

Quand ce n'est pas :

« Quelle chance ! »

Iris avait dix-huit ans.

Les cheveux courts, l'air un peu trop joyeux, quelques théories fumeuses sur le sens de la vie et les organisations qui régissent le monde.

Une rencontre banale à pleurer, en soirée étudiante, lui en fin d'études, elle tout juste en première année.

Une séduction dans les règles de l'art, qui prenait son temps mais pas trop, une chronologie au rythme rêvé, présentation aux amis, à la famille, six mois de tour du monde, emménagement, pendaison de crémaillère, fiançailles, vie commune, et maintenant, depuis trois ans, plus rien, ça piétine, elle le sent, les gens s'impatientent, demandent des nouvelles du mariage, des enfants, du futur, du supplémentaire, parce que là, clairement, ça commence à faire défaut, à faire tache même, un peu désordre, c'est qu'il doit y avoir un hic, quelque chose qui ne va pas, qui n'est pas dit, qui finira par exploser, et tout le monde sera là pour le commenter, en rire, le montrer du doigt, et ça, elle ne le supporterait pas.

Il n'y a même pas de secret infamant, de grand scandale à étouffer, de drame intime lancé vers son inéluctable dénouement tragique.

Elle l'aime encore, elle croit.

Quand il rentre tard, le soir, après une journée pénible au cabinet, qu'il enfouit sa tête dans le creux de ses bras, qu'il laisse courir ses mains sur ses jambes nues, qu'il lui murmure tout ce qu'ils sont l'un pour l'autre et tout ce qu'ils s'apprêtent à devenir.

Quand il la regarde avec cette béatitude amoureuse, cette admiration absurde dont elle voudrait plus que tout se satisfaire, mais dont elle sait qu'elle n'a guère plus d'autres racines que le respect et la nostalgie.

Quand il la prend par la main, dans la rue, tout simplement, parce que c'est tendre et gratuit.

Quand il ne peut s'empêcher de pleurer en même temps qu'elle, parce qu'il n'y peut rien, il ne supporte pas de la voir triste.

Il y a le respect, la gratitude, la reconnaissance.

L'habitude, aussi.

Les meubles bien alignés, les menus appréciés et maîtrisés, les voyages planifiés.

Ce sentiment incomparable de retrouver l'odeur de l'autre soir après soir, avant de se fondre dans une nuit aux respirations toujours en harmonie, enserrée dans son cocon d'obscurité bienheureuse.

Le visage de l'autre et ses reliefs familiers, ses inflexions comme autant de berceuses, l'absence de besoin de se justifier, de s'expliquer, de se raconter.

Les mots connus, la personnalité déjà analysée, explorée à travers toutes les possibilités de leur quotidien, les catastrophes éprouvées dont on ressort encore plus convaincue de la solidité de la relation.

La connaissance encyclopédique que l'on a accumulée de l'autre.

Les silences, les tacites, les contrats muets, les clins d'œil, les complicités.

Les facilités.

Rien de plus confortable que de s'être construit le reste de sa vie des années avant les autres.

D'être en avance, d'être celle que l'on envie, que l'on jalouse, c'est encore mieux.

D'avoir ce pouvoir magique d'arrogance de balayer les commentaires impressionnés d'un geste de la main, de répondre aux « Mais comment vous faites ? » d'un « Oh, vous savez, on ne se pose pas de questions, on est juste là l'un pour l'autre ».

De se croire plus maligne que le reste du monde.

De se persuader d'avoir découvert le feu quand on ne fait que remuer un reste de braises fumantes en espérant maintenir l'illusion encore un petit bout de temps.

Oui, vraiment, c'est confortable.

De s'être balisé des décennies entières, de s'être coché tous les items de la grande liste des conventions sociales, de s'être barricadée de partout contre les grands maux qu'on lui agite sous les yeux depuis qu'elle est toute petite : solitude, pauvreté, abandon, déclassement social.

C'est bon, maintenant, elle est parée.

Il y a leurs revenus joliment enlacés dans leur compte commun, leurs penderies assorties, leurs noms désormais indissociables dans la bouche de leurs amis, leurs rituels confortables, la capacité de l'autre à acheter exactement la bonne marque de pâtes au supermarché, les rythmes de sommeil accordés bon an mal an au fil des années de vie commune, les expériences qui cessent petit à petit de diverger pour ne plus être poursuivies que conjointement, les anecdotes inédites qui s'épuisent, laissant place au ressassement, à l'évocation continuelle de souvenirs de moins en moins frais qui ne parviennent plus à réveiller que des sourires polis, autant de spectres transparents et malingres qui s'évertuent à agiter leurs bras dans tous les sens, sans en tirer plus que de vagues échos de rires affadis.

Il y a les verres de vin qui tintent le vendredi soir et le sommier qui grince juste après, il y a le chat qu'on a évacué d'un commun accord parce que les poils c'était pas possible, il y a les surprises si fréquentes qu'elles en sont devenues banales à pleurer, il y a les mains qui ne se regardent plus, il y a l'angoisse vite tuée dans l'œuf de se voir changer tout en restant enchaînée au même point, il y a le réconfort doux-amer de savoir que l'autre verra toujours en soi le reflet furtif des débuts, des jeunes années, du corps encore adolescent, fragile, indolent.

Il y a les luxes que l'on ne pouvait pas s'offrir avant, la découverte amusée, goguenarde presque, de tous les plaisirs qui se marient à merveille avec leurs moyens à défaut de garantir leur bonheur, des bijoux, des escapades, des aides de ménage et des livraisons à domicile, l'espace inouï entre les fauteuils de la classe affaires, la sobriété tranquille des vitres teintées, les murmures étouffés des cuirs et des soies, les échos des murs trop éloignés et des pièces mal remplies, les basses lourdes des enceintes hors de prix, les références en creux de ceux qui n'ont plus le temps nécessaire pour les approfondir.

Des monogrammes stylisés, des ersatz de complicité, des rafales de photos pour oublier, des sourires qui demandent pardon, des régimes pour avoir à s'occuper, des disputes qui n'ont jamais eu lieu, parce que ce n'est pas nous, parce qu'on sait communiquer, les formules magiques éculées, les comptes épargne fantômes destinés à des vies encore en chantier, le spectre de tout ce à quoi on a renoncé sans jamais s'y attarder, l'âge de l'innocence périmée, les premiers frémissements, les premières rides à la surface de son lac de conformisme, les premières sueurs froides, les premiers éclats de haine acide, stupide, automatique, le début de la détestation passive qu'elle s'était juré d'éviter, la déception surtout, d'être tombée dans le même piège absurde et fonctionnel que trois générations de femmes dépressives avant elle ont subi, la sentence cruelle que l'on a prévue pour elle et à laquelle elle sait qu'elle ne saura plus échapper, vingt ans au foyer à éduquer, le linge sale et la vaisselle de deux enfants qu'elle sera trop découragée pour apprendre à connaître, l'air acariâtre, la résidence secondaire à Arcachon et, de plus en plus souvent, les chambres à part.

Ensuite, même plus la distraction de la descendance, les enfants partis vivre leur propre détresse ailleurs, la vieillesse, sordide, imparable, les douleurs qui se doublent de maladie, la souffrance physique comme nouvelle érudition, l'attente plus ou moins impatiente d'en finir, le bilan comptable parfait et infiniment décevant.

C'est ça, ce qui l'attend.
C'est ça, ce à quoi il l'a condamnée.
C'est ça, ce à quoi elle ne saurait plus se dérober.

Elle baisse les yeux vers sa bague.

Son solitaire.

Drôle de nom pour une petite pierre censée symboliser une union.

C'est sa victoire, son totem, son signal au reste du monde qu'elle a réussi, qu'elle s'est casée et pas avec n'importe qui.

Il lui a été offert comme il faut, un soir, en public, sans aucune prise de risque, bien sûr qu'elle allait accepter.

On ne refuse rien dans l'extase des dorures au plafond et des regards avides de dénouements heureux.

Elle avait eu la réaction parfaite.

Un petit sursaut d'émotion, la main plaquée contre la bouche, les larmes aux yeux, sincères, l'illusion l'espace d'un instant de connaître l'ultime, l'absolu, quelque chose qu'elle aurait été la seule au monde à découvrir et à construire.

Un « oui » étranglé et précieux, un « oui » de pacotille et de paillettes, un « oui » comme une main d'enfant, un « oui » comme un armistice, un lâcher des armes, une démission généralisée.

Ensuite un baiser policé, une étreinte d'autant plus triste que parcourue de sincérité, des yeux vibrants d'espoir, des applaudissements nourris.

En elle, une certitude lancinante.

C'était la fin des possibles.

Des vies impensables, des conneries, des hasards, des tentatives, des échecs, des foirades monumentales, des claques en pleine poire, des errances, des coups de folie, des catastrophes, des rabibochages, des fêlures, des fracas, des éclats, des génies, des beautés, des rivages, des approches, des utopies.

La fin des virages.

Elle avait dit oui.

Elle avait renoncé.

Parce qu'il le fallait.

Parce que c'est tout ce qu'elle était capable d'être.

Parce que c'est tout ce qu'on lui avait fait croire qu'elle était capable d'être.

Parce qu'être une déviante, ça fait peur.

Parce qu'être une déviante, c'est toujours moins bien que d'être une constante.

Parce qu'à jouer peu, on risque moins.

Parce que la peur ne fait pas bon ménage avec le scandale.

Parce qu'il était si gentil et la nuit si douce.

Parce qu'elle croyait l'aimer ou qu'en tout cas jamais personne ne l'avait autant souhaité qu'elle.

Parce que c'est en mangeant que vient l'appétit.

Parce qu'elle a toujours voulu sa robe blanche de princesse.

Parce que maman serait peut-être un peu moins triste en l'apprenant.

Parce qu'elle aurait une jolie bague à montrer à ses amies.

Sa bague.

C'est sa pénitence, sa marque, son signe d'asservissement, son âme vendue au diable.

C'est le corset miniature enserré autour de ses rêves de sauvagerie et de spontanéité.

C'est l'aveu précieux et brillant de la fin du temps où l'on jouait à l'aventure.

C'est la vie qui commence.

C'est la jeunesse qui se détourne, triste, résignée, pas même étonnée.

C'est la prospérité.

C'est tout ce dont elle n'aurait jamais voulu vouloir rêver.

*

Iris avait appris assez tôt l'existence du cancer.

C'était plus facile pour Anastasia d'en parler à son amie plutôt qu'à sa propre famille, va savoir pourquoi.

Il lui avait fallu une semaine pour le lui annoncer.

Un SMS, lapidaire, presque indécent de neutralité et d'indifférence apparente.

Elle était malade.

Cancer, pas de métastases, mais tumeur très agressive.

Grave, ou peut-être pas tant que ça, on verrait, elle n'en savait rien, deux chances sur trois manifestement, une sur deux disaient certains médecins, pas assez dans tous les cas.

On allait la traiter.

Il ne fallait pas s'en faire pour elle.

Elle était déjà arrêtée, elle passerait au boulot lundi récupérer deux, trois dossiers, comme si elle allait encore y consacrer ne serait-ce que cinq minutes dans les mois à venir.

Ensuite, elle prendrait « du temps pour elle ».

Iris avait appelé Anastasia, immédiatement après avoir reçu le message.

Pas de réponse.

Il n'y en aurait plus pendant des semaines.

D'abord, le chaos.

Ensuite, le silence.

Un silence qui ne se percerait que de quelques saillies protocolaires, en général un signe de vie hebdomadaire, un « tout va bien » ou « je pense à toi ».

Iris aurait aimé avoir peur, se consumer d'inquiétude, compatir comme la bonne pâte généreuse qu'elle aurait dû devenir.

Au lieu de ça, elle se raidissait, sentait ses beaux souvenirs sucrés avec Anastasia s'acidifier lentement au fur et à mesure qu'elle leur distillait un poison sournois d'aigreur et de reproches larvés, sa grande amitié magique se désagréger entre ses doigts engourdis.

Anastasia n'avait plus besoin d'elle.

C'était la dernière à quitter le navire, à admettre ce que le reste du monde avait déjà réalisé.

Au-delà de la réussite scolaire, du salaire clinquant, des longs cheveux sombres et du nom de famille à rallonge, Iris ne valait pas grand-chose.

Elle tenait bon face aux conventions, elle donnait le change, se coulait à merveille dans le rôle du faire-valoir, de la case à cocher, de la normalité en marche.

Mais quand il s'agissait d'accompagner, de relever, d'affronter les vraies galères et les vraies laideurs, l'évidence s'imposait.

Elle n'était pas à la hauteur.

Grégoire avait remarqué le changement.

« Vous ne vous voyez plus, avec Anastasia ? »

« Ça va ? Tu es toute triste depuis deux, trois jours. »

« T'as des nouvelles ? »

Oui, elle en avait, elle avait fini par le lui avouer, les mains tordues, les yeux pathétiques, il avait pleuré avec elle et elle avait été dégoûtée de les voir tous les deux, affligés par une histoire qui n'était plus la leur, dans leur appartement ridicule aux étagères jonchées de babioles inutiles et orgueilleuses, d'étalages de leur réussite de papier mâché, de trompe-la-mort en forme de prestige social, lui et sa chemise à quatre cents balles, elle et son petit carré Hermès dans les cheveux, dans leur couple hermétique et stérile où ne poussaient plus que les soupirs.

— Elle a besoin de temps, c'est normal, t'imagines ce que c'est pour elle…

Et le pire, c'était que oui, elle imaginait, bon sang elle les voyait, elle les sentait, l'absurdité qui lui dégoulinait le long de la moelle, les châteaux de cartes piétinés par un pauvre diagnostic médical, le cynisme du calendrier qui continuait de tourner.

Mais elle n'en avait pas le droit, pas vrai, elle ne pouvait pas savoir ce que ça représentait, elle ne pouvait que soutenir sans ressentir.

Puis Anastasia a rappelé.

Sa voix à peine plus faible, son cynisme à peine affadi.

Iris était presque déçue.

Elle s'attendait à la trouver brisée, changée, absente.

Au lieu de ça, elle l'a retrouvée un peu plus éthérée, bien sûr, presque poreuse, mais en équilibre, perfusée de quelque chose de nouveau et d'étrange qui ressemblait à de l'assurance.

Elle avait quitté une égale, et se retrouvait face à sa supérieure, quelqu'un qui avait accédé à des savoirs encore loin de sa portée, quelqu'un qui en avait vu d'autres qu'elle et n'allait pas perdre de temps à se pencher à son niveau pour lui expliquer tout ce qu'elle était trop peureuse pour explorer.

Anastasia lui a dit les épreuves, les découragements, les effets secondaires, mais elle lui a aussi et surtout raconté ses objectifs nouveaux, les recommencements à venir, les ébauches de projets.

Ses déviations.

Tout ce qu'Iris n'a jamais trouvé la force d'envisager.

Iris était plus que déçue, elle était jalouse.

Iris était un monstre.

*

Le pire dans tout ça, c'est qu'elle n'arrive pas à détester ce que sa vie est devenue.

Si, vraiment, ça lui était devenu insupportable, sans doute aurait-il été plus facile de couper les ponts et de tirer sa révérence.

Il n'y aurait eu qu'à avancer ses arguments avec autant d'aisance que s'il s'était agi de cartes de Cluedo, preuves implacables de la défaillance de son univers, de la trahison de ses familiers.

Ne rien avoir à ajouter à l'indéniable.

Et partir, digne, légitime.

Mais elle n'a pas la moindre raison, pas l'ombre d'une justification, pas même de rancœur saisissable, palpable.

Rien qu'un soupçon d'aigreur et d'insatisfaction, coincé dans sa petite gorge précieuse de princesse pourrie gâtée par l'existence.

Alors elle se tait, se contente de ce qu'elle n'a même pas mérité.

Des amis attentionnés, qui oublient un peu certains détails parfois, qui ne vont pas forcément creuser lorsqu'ils sentent que son « Ça va, et toi ? » camoufle son grand incendie intérieur avec à peu près autant d'efficacité qu'un parapluie brandi contre un tsunami.

Mais des amis quand même.

Mieux que ça, des compagnons.

Ça n'a rien à voir avec les amitiés passionnées que l'on peut avoir au lycée ou à la fac.

C'est différent, moins intense, plus tranquille, plus durable.

Les complicités se fatiguent, se dérobent, mais elles sont petit à petit remplacées par autre chose, des références communes, une aisance, une habitude, une adéquation sociale et matérielle, autant d'atouts objectifs et réconfortants qui viennent combler les crevasses béantes du barrage de leur entente.

Ils en ont fait des voyages, des découvertes, des raccommodages, ils ont goûté ensemble aux premières déconvenues et aux gueules de bois qui ne passent plus aussi bien qu'avant, ils ont harmonisé leurs plans de vie l'air de rien, sans vraiment s'en rendre compte, ajustant le nombre d'enfants, d'expatriations, de résidences secondaires et de crédits bancaires souhaités pour mener des existences compatibles.

Toujours plus liés, toujours plus effrayés à l'idée de s'éloigner, davantage par peur du vide que de la perte elle-même.

De temps en temps, elle leur jette un regard à la fois tendre et hargneux, consciente qu'ils sont son unique chance de rester jeune à jamais, quelque part, dans d'autres imaginaires que ceux de sa famille ou de Grégoire.

Ces amis-là seront les derniers à se souvenir d'elle lorsqu'elle était encore fraîche et naïve, lorsque Grégoire n'avait pas commencé à perdre ses cheveux, lorsqu'elle pouvait parler d'aller vivre à Bali ou à Buenos Aires sans avoir l'air complètement ridicule, lorsqu'elle se moquait de ses parents et de leurs histoires de retraite et d'assurance-vie, lorsqu'il lui restait un fond d'espoir en sa future carrière de photographe ou de graphiste, lorsqu'elle était gamine, mignonne, attendrissante et un peu barrée.

Ces amis-là seront les derniers à être capables de voir en elle autre chose que la jolie jeune femme bien rangée en laquelle elle s'est transformée.

Les derniers témoins de sa spontanéité et de sa fantaisie.

Les derniers passeurs.

Les derniers vestiges.

En eux aussi, elle voit la panique de veille des partiels, la folie du champagne qu'on n'a pas vraiment les moyens de se payer mais qu'on commande quand même, les kebabs graisseux de trois heures du matin, les ricanements ruisselant sur l'épaule du chargé de TD et son ton monocorde, les dernières soirées à tirer sur des joints en parlant altermondialisme sans s'être accordé au préalable sur ce qu'on entendait par là.

Ils avaient même pensé à se faire un tatouage commun à l'époque, des variantes du même motif, une blague, un adieu, un chant du cygne indélébile.

Ils y avaient renoncé, à peu près tous en même temps, pour des raisons interchangeables.

« En entretien, ça fait pas sérieux. »

« Richard aime bof. »

« Ça va finir par vieillir, ce sera moche. »

« J'ai l'impression que c'est de plus en plus vulgaire maintenant. »

« On n'a pas besoin de ça pour se rappeler qu'on est amis. »

Exit le tatouage.

Exit les nuits blanches.

Exit les hyperboles, les dégringolades, les envolées lyriques.

Bonjour les terrasses de sept à neuf, les bières calibrées sur les emplois du temps professionnels, les planches de charcuterie à dix-neuf balles qu'on aurait préféré investir en shots il y a encore six ou sept ans.

Vieillir prend beaucoup moins de temps qu'on n'en consacre à y penser.

Ça te tombe dessus, alors que tu te répètes que tu feras tout pour y échapper.

Elle a vieilli.

Son visage reste lisse, ses gestes fluides, son sourire malicieux.

Mais son cœur s'est flétri, son audace s'est éteinte comme la mèche humide d'une bougie grignotée par les renoncements, plongée dans des abysses de larmes amères.

Elle n'a même plus le temps de le regretter.

Il faut assumer au moins ce que l'on a construit.

Peu importe si ce n'est pas le temple de fantasmes que l'on s'imaginait plus jeune.

Il est six heures, ils se sont retrouvés tôt ce soir.

Simon parle de ses vacances avec son mec.

— La Thaïlande, clairement, c'est à faire, là-bas t'as un pouvoir d'achat de millionnaire, tu peux complètement changer de paysage en une heure de bagnole, non vraiment c'est un délire.

— Tu vois, j'y aurais pas pensé.

Non, elle non plus.

Elle n'aurait pas pensé se retrouver là.

Elle ne rêvait pas de tellement plus que ça, c'est ça le pire.

Un petit soupçon d'audace, rien de plus.

Et même ça, elle ne s'était pas donné les moyens d'y parvenir.

Même ça, elle n'y aurait jamais droit.

— T'es avec nous Iris ?

Bien sûr.

J'ai tout sacrifié pour rester avec vous.

— Oui, pardon, je pense au taf, c'est la folie…

Grégoire saisit sa main.

Son étreinte est chaude, câline, concernée.

— C'est vrai que tu te relèves souvent la nuit, en ce moment…

S'il savait.

Peut-être qu'il sait, d'ailleurs.

Qu'il joue avec ses nerfs pour le simple plaisir de la voir prendre son air de petite souris apeurée, pour agiter devant elle la possibilité du piège sans jamais se résoudre à refermer les mâchoires de l'appât.

Il est trop doux pour ça, cela dit.

Jamais il n'irait déranger leur jolie porcelaine rituelle, leurs ornements quotidiens, la vérité d'apparat de leur vie commune.

Il se contente de ce qu'Iris préfère qu'il croie.

Sincèrement, avec joie et simplicité.

Sans même soupçonner la possibilité de l'avarie.

Garance s'embarque dans une nouvelle anecdote.

Iris se laisse glisser encore un peu plus loin de la conversation.

Ce que raconte Garance ne l'a jamais intéressée.

Elle est avocate dans la même firme que Grégoire.

C'est comme ça qu'ils se sont rencontrés, qu'ils ont accroché, transformant des circonstances contingentes en une amitié presque sincère à laquelle Iris a été petit à petit rattachée.

C'est comme ça.

Ils sont à l'âge où les nouveaux amis sont forcément ceux des deux membres du couple.

On n'a plus le luxe de faire ses propres rencontres de son côté.

Passé un certain stade, Iris avait arrêté de chipoter.

On ne pouvait pas tout avoir, les âmes sœurs, les colonnes de chiffres sur le bulletin de salaire et les escapades sincères.

Ses amis faisaient l'affaire.

Ses amis faisaient effet.

Un baume apaisant bon marché, appliqué à la va-vite sur des plaies qui auraient mérité au moins des mois d'attention constante.

Mais plus personne n'avait ce genre de temps-là à lui accorder.

Pas même elle.

Elle n'avait rien à leur reprocher, au contraire, elle pouvait compter sur eux pour les rituels hebdomadaires, les migrations estivales et les messages d'anniversaire, de temps en temps une fantaisie, une larme, un aveu, une pépite de quelque chose qui ressemblait à ce que racontaient les romans de son adolescence.

La dernière fois, c'était avec Garance, justement.

Ce n'était rien d'exceptionnel.

Une heure dans une librairie à la façade patinée de reflets ocre et taupe, des mots futiles au bord des lèvres, quelques heures de permission hors de leur cellule routinière.

Le genre de poche d'amitié vivante et transparente dans laquelle une myriade de petites réjouissances se bousculent sans qu'aucune ne surnage, chacune irradiant sa lumière singulière.

Ça pourrait se reproduire, pourquoi pas, un jour ou l'autre, à l'occasion, entre deux dossiers et trois réunions clients.

D'ici là, elle attend.

Ce serait drôle de demander à Garance si elle se souvient de leur journée de papier, de murmures et de déambulations délassées.

Probablement pas.

Garance est fonctionnelle, pragmatique.

Iris ne lui en veut pas.

Elle donnerait tout pour redevenir comme elle.

Garance continue son discours.

Volubile, furieuse, engagée.

Simon approuve, fait onduler ses doigts fins autour de sa pinte, glisse quelques traits d'esprit, fait perler son rire entre deux anecdotes.

Il manque Lila et Tom, on leur pardonne, ils sont partis en vacances chez sa mère à lui, ou à elle, elle ne sait plus.

Aucun n'a encore eu d'enfant, pour l'instant.

Grégoire adorerait le faire le premier.

Il était trop content d'être le plus jeune d'entre eux à se fiancer, alors s'il avait ça en plus, il serait aux anges.

Elle se penche vers lui, sur lui, elle est fatiguée.

Elle subit la soirée.

Il le remarque.

Lève les sourcils, l'interroge du regard.

Il prend soin d'elle.

Dans cinq minutes, il va lui proposer de rentrer, de se dégourdir les jambes.

Elle soupirera, aura un petit sourire tout satisfait, se sentira aimée.

Et elle le sera.

Dans le métro, alors qu'il l'installera côté fenêtre, surveillant du coin de l'œil le défilé haché des stations familières.

Dans la rue, ses bras encadrant sa silhouette épuisée, sa voix la berçant d'une succession d'anecdotes connues qu'elle n'aura plus qu'à parsemer de marmonnements tout juste audibles.

Dans la cage d'escalier, quand il lui arrachera un éclat de rire en faisant des grimaces face à la porte de cette vieille chouette de Mme Lagrange.

Dans l'entrée, cernés des souvenirs improbables de leurs voyages sur trois continents différents, baignés du parfum riche, suave et presque trop lourd de leur intimité.

Dans la cuisine, alors qu'il chantonnera de sa voix toujours fausse et toujours adéquate en faisant bouillir de l'eau, griller une tartine ou chauffer un reste de ratatouille.

Dans la chambre, alors qu'il la guidera vers leur lit, son souffle chaud contre sa nuque, ses yeux osant à peine la dévoiler, comme si c'était leur première nuit à nouveau et que chacun de leurs baisers avait le goût d'une friandise exotique et interdite.

Entre ses mains, parcourue de caresses, lovée dans un plaisir cotonneux, comme étouffé par plusieurs couches de tissu, assommée d'une vapeur d'affection distillée par des centaines de nuits interchangeables.

Sous sa peau, imprégnée d'une odeur qu'elle a fini par assimiler.

Dans son cœur, couvée de mots doux et de promesses qu'elle n'entend même plus.

Tout contre lui.

Toute à lui.

— Bon, je crois qu'on ne va pas tarder, nous..., annonce Grégoire.

Iris sursaute, se redresse.

— T'inquiète, je suis fatiguée aussi, demain la journée commence tôt, la rassure Garance en rassemblant ses affaires.

— Ma meilleure amie a un cancer, lâche soudain Iris.

Elle se crispe aussitôt, la mâchoire paralysée, les yeux presque révulsés.

Qu'est-ce qui lui a pris ?

Garance, Grégoire et Simon se considèrent d'un air interdit, comme si une enfant en face d'eux venait de leur dire qu'elle avait frappé un camarade en classe.

Simon chuchote quelque chose, Grégoire murmure : « Je voulais vous en parler, je suis désolé », comme si Iris, en plus d'être devenue gênante, avait perdu l'audition tout à coup.

Garance inspire, prend la parole la première.

Évidemment.

— Tu veux nous en parler, Iris ?

Elle déteste quand elle prononce son prénom comme ça.

Dans sa bouche précieuse, ourlée de lèvres déjà refaites, il sonne râpeux, sinueux, vicieux, comme une croûte dont on voudrait se débarrasser.

— Non, pas vraiment. Enfin, ça me fait juste halluciner de voir que t'es capable de passer trois quarts d'heure à te plaindre de ton pauvre client pendant qu'Anastasia est en train de mourir toute seule chez elle.

Cette fois, pas une réaction.

Elle se lève, seule.

— Mon amour, j'y vais, tu peux me rejoindre si tu veux, je serai à l'appartement.

Grégoire ne bronche pas.

Iris récupère son sac, son téléphone, claque un grand sourire hypocrite à l'assemblée, virevolte vers la sortie, ragaillardie tout à coup, et se précipite vers la première bouche de métro venue, dans un plongeon ravi, sa robe noire lui fouettant les cuisses, comme un joyeux rappel de combien la soirée est devenue excitante.

Sur le quai, elle trépigne presque.

C'est ça.

C'est ça de se sentir vivante.

*

— J'aurais aimé vouloir moins, murmure Anastasia.

Iris réagit à peine.

La phrase est ambiguë, floue, mutilée, mais elle n'a pas besoin d'éclaircissements.

Elle sait.

C'est pareil pour elle.

Les jambes d'Anastasia s'entremêlent à celles d'Iris, filaments harmonieux d'un même bracelet tressé.

C'était déjà comme ça, quand elles avaient dix-sept ans et des week-ends entiers à tuer.

Il n'y avait que dans l'enceinte de ce parc qu'elles s'autorisaient à délier leurs hontes et leurs passions.

C'est Iris qui a proposé à Anastasia de la retrouver ici.

Ça s'est fait comme ça, sans l'avoir prévu, avec un soupçon de peur et un formidable élan de spontanéité.

Elles le sentent, maintenant.

Être ensemble, c'est tout ce dont elles avaient besoin.

La soirée étire ses heures hors du temps, comme un sirop dense et poisseux.

Iris n'a toujours pas donné de nouvelles à Grégoire.

Il a dû rentrer, à ce stade.

Elle finira bien par le rejoindre, de toute façon.

L'urgence, c'est Anastasia, Anastasia avec qui tout est à reprendre.

— J'aurais aimé…

Les yeux d'Anastasia se perdent quelque part entre le regret et l'émerveillement.

Ils clignotent, se ravisent, projettent un petit film mélancolique.

Elle murmure :

— Tu vois, je pense à Estelle, je me dis, si j'avais pu être Estelle, j'aurais été tellement plus heureuse…

Estelle, c'était une de leurs amies au lycée.

Son monde était simple, pur et beau, loin des colères, des excès et des orgueils.

Elle avait des goûts un peu comme tout le monde, avec juste ce qu'il faut d'originalité pour mener une conversation.

C'était une fille adorable.

Dévouée, concentrée, calme.

Dès le lycée, sans doute même avant, elle s'était fixé des objectifs concrets, tangibles, balisés par un bac +5 encadré comme il faut.

Elle voulait devenir prof d'anglais.

Elle avait en elle cette douceur tranquille, cette absence totale d'appétit destructeur de la vie, cette capacité à se satisfaire de ce qu'elle avait prévu pour elle-même.

Tout de suite après le master, elle avait eu le concours, son affectation, son mariage, son entrée dans la vie professionnelle, sa sécurité de l'emploi, sa grille de salaire chronologique.

Estelle, Iris et Anastasia se croisent encore, de temps en temps.

Elles prennent des nouvelles les unes des autres, se rendent service, parfois.

Iris a déjà gardé Gabriel, le fils d'Estelle.

Il a quatre ans, une obsession pour les chiens, une expression faciale à moitié ahurie qui le rend curieusement attachant.

Il est mignon.

— Estelle, tu vois, elle n'avait pas besoin de tout ça, des grandes écoles, des triples masters, des mentions, des records, des responsabilités, des expatriations, des réseaux, continue Anastasia. Estelle, elle avait son rêve, son petit rêve à elle, et je ne dis vraiment pas ça avec mépris, au contraire, si tu savais comme je l'envie, son rêve de prof, et elle l'a fait, parce qu'elle savait quelles conditions il fallait remplir précisément et qu'elle en était capable, et aujourd'hui, elle a sa maison en banlieue, ses élèves, sa famille, son rythme quotidien, ses collègues, ses grèves, sa sortie au cinéma une fois par mois, et c'est la femme la plus heureuse du monde. Et quand je vois son sourire immense et ses fringues un peu cheap, je me dis, putain, je suis tellement, tellement jalouse d'elle, et pourtant, de nous deux, c'est moi qui ai eu 19 au bac et HEC du premier coup, c'est moi qui ai posé un pied sur tous les continents et qui peux me payer un appart dans le sixième arrondissement, mais putain, qu'est-ce que je voudrais avoir sa vie, son mari tout doux dans sa chemise en coton, son toboggan en plastique orange dans son jardin, et je voudrais que ça soit assez pour moi, que ça soit parfait.

Elle fait une pause, contemple ses ongles cassants.

— J'aurais été une excellente prof de français, tu vois, reprend-elle. J'aurais lu le soir, j'aurais eu mes petites copies et j'aurais pu m'en plaindre gentiment en salle des profs, j'aurais changé mes programmes de temps en temps pour m'amuser, j'aurais donné des rédactions marrantes, j'aurais eu des lycéens pour avoir des débats un peu plus stimulants, j'aurais formé des jeunes esprits, je leur aurais fait découvrir des grandes histoires d'amour, je leur aurais matraqué le plan en trois parties, j'aurais consolé celle qui se tape des 8 tout le temps, j'aurais pris à part la petite brute de la classe pour la recadrer, je serais partie en vacances en Bretagne tous les étés, j'aurais laissé mon travail au travail, j'aurais même eu la satisfaction de faire un truc à peu près utile.

— Tu aurais été parfaite.

— J'aurais adoré vouloir être prof de français, lance Anastasia.

— J'aurais adoré être un peu moins intelligente, rétorque Iris.

Anastasia lui coule un regard amusé.

— C'est complètement ça.

— J'aurais adoré ne pas avoir à me prendre la tête tout le temps, s'enflamme Iris. Être juste toute simple… juste heureuse.

— Mon Dieu, on est horribles de dire ça, s'esclaffe Anastasia.

— Je sais pas. Je crois pas.

Ça rend tellement triste, d'avoir conscience de tout ce qu'on ne pourra jamais accomplir.

D'avoir le désir brûlant d'embrasser tous les idéaux que la finitude de la vie rend inatteignables.

Ça rend tellement triste et insatisfait, quand bien même on aurait réussi, quand bien même on aurait ébauché une belle tentative vers l'un de ces mirages de fortune, quand bien même on aurait fait de son mieux et même disséminé quelques parcelles de bonheur au passage.

Plus que triste, ça rend même Iris amère, parfois.

C'est dangereux.

Ça la pousse à faire mal.

À critiquer, casser, envoyer valser.

Tout en sachant qu'elle n'en serait pas plus avancée.

Que quitte à rester incomplète, autant ne pas finir entièrement nue.

Elle se regarde, souvent, dans son miroir le matin, comme tout le monde.

Mais au lieu de s'attarder sur ses cheveux plus ou moins bien arrangés ou sa trace de rouge à lèvres, elle voit les dix ans de perdus qu'elle s'est pris en pleine face, les renoncements qu'ils lui ont assenés, les impossibles qu'elle n'a pas combattus, les silences de ses succès, les abandons criants, les frontières de béton armé de sa propre capacité d'action.

— J'aurais voulu être heureuse.

J'aurais voulu être Estelle.

— Tu crois qu'on y arrivera ?

Anastasia a un haussement d'épaules.

— À partir du moment où tu te poses la question tous les jours, je crois que c'est un peu foutu pour toi.

*

Iris s'est toujours posé des questions qui n'étaient pas de son âge.

C'est son côté perfectionniste, maniaque, peu importe comment on appelle ça.

Elle a toujours eu le nez rivé sur les probabilités, les chances, les accidents, les statistiques.

Elle s'est comme maintenue éveillée en permanence toutes ces années, luttant contre la voix susurrante du sommeil, de la baisse de vigilance, tout pour avoir en permanence conscience de l'intégralité des facteurs, tout pour préserver jour comme nuit sa vision périphérique sur l'ensemble des enjeux de son existence, tout pour se préserver de malheurs dont elle était trop intelligente pour croire sincèrement qu'ils n'arriveraient jamais.

Elle s'est toujours trompée, abusée, persuadée qu'il était temps pour elle de commencer à compter le sien.

Elle s'est toujours tenue prête à rendre des comptes, même et surtout pour ce dont personne ne lui tenait rigueur.

Rien de mégalomane là-dedans.

Elle fait de son mieux.

Si elle se traque, si elle s'interroge, si elle se perquisitionne et se torture, ce n'est que pour minimiser les reproches qu'elle se fera une fois l'âge des possibles évaporé.

Ce n'est que pour se dire qu'elle ne sera passée à côté de rien.

Qu'elle savait ce qu'elle faisait.

Avant, c'était sur elle, son visage, son corps, ses formes et ses possibles qu'elle s'interrogeait.

Des après-midi entiers à se consulter et à s'évaluer, le regard en lames de rasoir plongé dans ses quelques ondes de chair pâle, l'esprit bouillonnant de percées mauvaises, acide, aigri de reproches et d'imprécations absurdes.

Elle finirait seule, personne ne voudrait jamais d'elle, comment pouvait-elle seulement avoir l'arrogance de s'arroger le droit à y songer, comment pourrait-elle se faire accepter, se faire désirer, se faire embrasser, comment qui que ce soit de sain d'esprit pourrait-il renoncer à la possibilité d'autres qu'elle, comment pourrait-elle se hisser jusqu'à la marche du « pas mal », ou même du « pas pire qu'une autre » ?

Elle était ridicule, elle avait treize, quatorze ans, des larmes absurdes plein les yeux, des peurs d'obésité, de monstruosité, de difformité, tout en jaugeant des hanches toutes étroites et un visage prompt à faire papillonner les yeux du reste de son entourage.

Elle ignorait surtout complètement que d'ici deux ans à peine sa vie n'aurait déjà plus rien à voir avec ses maigres hypothèses adolescentes.

Ensuite est apparue la question de ses ambitions, de ses objectifs, des échecs, des contradictions à venir.

Qui elle serait aux yeux de ses parents.

En quels mots on la présenterait aux autres, d'ici dix, quinze ans.

De quelles formules elle s'enroberait pour paraître en société, en entreprise, en famille.

Quelle valeur on lui assignerait.

Quel monde elle aurait à subir.

Quels obstacles, quels trajets, quels boulets rituels, quelles tâches, quelle humanité, quelle direction elle pourrait s'offrir.

Comment elle composerait avec cette peur nouvelle au goût indéfinissable, une angoisse polymorphe et tentaculaire, celle de l'avenir et de ses ramifications immondes et insaisissables dont elle ne sait rien si ce n'est que toutes sans exception finiront plongées dans un abysse de mort et d'oubli.

Comment elle préserverait son ambition de l'aigreur de la frustration.

Comment elle adhérerait au mythe de la réussite en ignorant les exigences intenables de son cahier des charges intérieur, comment elle maintiendrait son ego à peu près en place jusqu'au jour des bilans comptables et des remords.

Comment elle s'offrirait, ce à quoi elle se consacrerait, à qui elle ferait le don contraint de sa poignée d'années de force et de vigueur, pour quoi elle lutterait, pourquoi elle le ferait, quel regard elle se jetterait dans son miroir chaque matin.

Comment chacun de ses lendemains parviendrait à se démarquer de la veille.

Comment elle arriverait à discerner une quelconque forme de progrès dans l'étiolement de son énergie.

Elle ne l'a jamais vraiment résolue, cette question-là.

Aujourd'hui, il lui reste une dernière interrogation, la plus radicale, celle qui ne semble travailler personne à ce point ou en tout cas jamais en des termes aussi chaotiques, du moins c'est ce qu'il lui semble, mais peu importe ce qu'il en est pour les autres, au fond, parce qu'à ce stade, elle se moque bien d'être normale ou conforme, tout ce qu'elle veut, c'est être heureuse, ou pas trop malheureuse, et c'est déjà beaucoup demander.

La question qu'il est toujours trop tôt pour considérer jusqu'au jour où il est temps d'y apporter une réponse définitive.

Les enfants.

Grégoire lui a demandé de le rejoindre dans le salon, ce soir.

C'est de ça qu'il va parler.

Elle l'a senti venir.

Elle ne se fait plus d'illusions à ce stade, elle sait que c'est la dernière ligne de leur liste soyeuse et policée des grandes étapes du couple, que ça rôdait, que ça la guettait, qu'elle n'y coupera pas.

Il s'est fait tout beau.

Il se contorsionne, finit enfin par lâcher, l'air presque fier de sa trouvaille :

— J'aimerais avoir des enfants.

Elle déglutit, affiche un sourire transparent, plastique, vaine tentative de grappiller quelques secondes de mutisme.

— Avec toi, précise-t-il.

C'est débile d'ajouter ça.

Bien sûr que ce serait avec elle.

Mais c'est mignon.

Il est mignon, son Grégoire.

Il précise tout.

Tous les petits détails du parfait petit plan précieux qu'il a couvé pour eux.

— Je ne te dis pas que j'en veux maintenant tout de suite, mais voilà, j'y réfléchis depuis des semaines et vraiment, je suis sûr de moi, c'est ce que je veux, c'est ce que je veux pour nous.

On est déjà passé du « j'aimerais » au « je veux ».

Il saisit ses mains.

Laisse s'écouler un instant de blanc.

— C'est ce que je veux t'offrir. Je veux te faire ce cadeau-là.

Il attend, prend le silence d'Iris pour de l'émotion, puis poursuit.

— Je nous imagine, à la tête d'une grande famille, le soir du réveillon, main dans la main, avec un grand plat de dinde ou de n'importe quel autre truc qu'on ne cuisine que quand on est vingt à table, et on serait tellement comblés, sollicités de partout, et chaque personne à table aurait un peu de nous sur son visage ou dans ses tics, nous raconterait sa vie, ferait tout un tas de choses dont on se sentirait responsables et fiers, et même dans les moments de galère, les disputes, je nous imagine rire, tout tourner en dérision comme on le fait déjà, je nous imagine apprendre à préparer des purées, à déplier des poussettes, nous replonger dans les devoirs de maths de troisième et entendre des portes claquer, je vois tout ça et ça me comble tellement, tellement plus que d'imaginer encore quarante ans à cotiser pour une retraite où on n'aura plus personne à voir à part nos médecins…

Il s'interrompt.

Se ravise :

— Seulement si c'est ce que tu veux aussi, bien sûr, enfin, la question ne se pose même pas, si pour toi c'est non alors c'est non.

Comme si elle pouvait lui dire non.

Comme si elle pouvait vraiment s'arrêter maintenant, en si bon chemin, après douze ans à hocher la tête, à le suivre et s'harmoniser à lui avec une bonne volonté frénétique, après avoir promis, bâti, uni, assorti, après être devenue indissociable de lui aux yeux de leurs proches, de leurs familles, de leurs collègues, après lui avoir cédé jusqu'à son nom de famille, après l'avoir aimé surtout, aveuglément, après l'avoir aimé jusqu'à ce qu'elle ne soit plus capable d'éprouver autre chose à son égard, jusqu'à ce que son cœur en oublie les péripéties des coups de foudre, des râteaux, des séductions et des plans foireux, des frissons de la conquête et des humiliations du rejet, du mystère, de l'inconnu, du suspense.

Comme si elle pouvait dire non à l'homme dont elle connaît l'intégralité du vestiaire et le nombre exact de paires de chaussettes (neuf, c'est peu, elle le sait pour les laver deux fois par semaine), celui sans qui elle n'a plus vu un film depuis quatre ans, celui qui l'accompagne dans la moindre de ses sorties, celui qui lui a condamné la possibilité de se sentir isolée ou même simplement seule.

Comme si elle pouvait dire non, et vivre encore un demi-siècle face au visage triste mais résigné d'un mari tellement amoureux d'elle qu'il aurait sacrifié son désir le plus cher par loyauté, par fidélité, par abnégation.

Comme si elle avait la force de passer une existence entière à se justifier de ne pas être devenue mère, à maquiller ce refus de sa part en une décision de couple, de faire comme si elle n'avait pas exigé l'impossible de celui qu'elle aime tout en sachant qu'avoir accepté l'aurait privée d'elle-même.

Comme si elle n'allait pas finir mutilée dans un cas comme dans l'autre, soit de son identité, de son temps, de son énergie et de son droit de rater, de recommencer, d'annuler, soit de sa sérénité, de son intégrité, de la tranquillité de son amour, de son accomplissement social.

Elle aurait aimé en vouloir, des enfants.

Dans un autre monde, pourquoi pas.

Dans un monde sans violence, sans injustices, sans cette obsession du contrôle, du progrès et de la consommation, un monde où elle n'aurait pas à s'écarteler pour tenter de satisfaire des critères inhumains qu'elle-même méprise, un monde où elle aurait au moins une petite chance de ne pas être celle qui finirait par se coltiner l'aspirateur et les carnets de santé et la buanderie.

Elle en voudrait, si elle vivait dans un endroit doux et calme, entourée de personnes semblables à elle, prêtes à l'aider, un monde où personne ne lui tiendrait rigueur de ses émotions accidentées et de ses poussées d'indépendance.

Elle serait une bonne mère, évidemment.

Elle n'est pas un monstre.

C'est aussi et surtout pour ça qu'elle voudrait pouvoir dire non.

Parce que dès l'instant où on lui déposera sur la poitrine son petit bout d'elle, son humain en devenir, sa création, ou plus tard peut-être, après quelques mois en sa compagnie, elle sentira naître en elle un amour total, dévastateur, duquel elle ne pourra plus jamais se détourner, le genre de loyauté qui la privera de toutes les autres, le genre de commandement qui annulera tous ses engagements précédents.

Elle sera la mère de cet enfant, infiniment aimante, sans doute même trop pour regretter de lui avoir donné naissance.

Elle le choiera, lui donnera un, deux, trois petits frères et sœurs, deviendra ce qu'on appelle une « mère épanouie », embrassera ces deux mots, en fera sa raison d'être, se persuadera presque complètement qu'elle s'est *trouvée*, là, quelque part entre les bisous baveux, les couches pleines et les conduites au cours de danse, que c'est ce qu'elle voulait, que c'est tout ce qui lui apporte du sens et que d'ici vingt ans elle pourra être fière d'avoir bâti son clan, sa tribu, sa lignée.

Que ses descendants découleront d'elle, qu'elle aura transmis quelque chose, à eux, à l'univers, une forme de goût de la beauté, de transcendance, qu'elle existera à travers eux et que ça suffira à la combler.

Elle s'en persuadera, presque, mais pas tout à fait.

Et c'est dans cette infime part de doute et de frustration que naîtra sa tristesse, lourde, opaque, asphyxiante.

La tristesse de ne pas avoir osé être elle-même jusqu'au bout.

La tristesse de s'être pliée à une vie dont elle refuse la moindre modalité.

La tristesse d'avoir obéi, d'avoir voulu bien faire quand tout en elle lui hurlait de prendre la tangente.

Les deux possibilités la détruiront, l'une aussi sûrement que l'autre.

Mais elle est déjà engagée si loin dans l'un des deux tunnels, et elle s'y sent bien, vraiment, c'est son quotidien maintenant, l'odeur de ses jours et le rythme de ses sensations, c'est tout ce qu'elle connaît et tout ce qu'il lui sera de plus en plus difficile de quitter avec le temps.

C'est tout ce qu'on lui jalouse, tout ce que tellement d'autres autour d'elle voudraient avoir réussi à consolider, tout ce qui prouve au reste du monde qu'elle vaut mieux que la moyenne.

C'est l'enrobage de son ego.

C'est une muraille de stabilité.

C'est une sérénité de deuxième gamme.

C'est tout ce à quoi elle est trop faible pour savoir renoncer.

— J'ai besoin d'un peu de temps..., murmure-t-elle.

Un peu de temps.

Le temps d'apprendre à faire une croix sur le reste.

— J'aimerais tellement...

Te rendre heureux, j'ai déjà du mal à le faire aujourd'hui, et je sais que si je ne te donne pas ça, au moins ça, je n'aurai bientôt plus la force de joindre nos deux bouts de satisfaction personnelle.

— Ça serait incroyable, reprend-elle. Tu imagines, toi, moi, et… des petits nous…

Et ça le serait.

C'est ça le pire.

Elle ne pourrait même pas se réfugier dans une rancœur qui lui rendrait au moins une forme d'estime d'elle-même, un objectif, celui de fuir un jour et de se redécouvrir.

Non, elle est si douée pour aimer, si douée pour tout donner d'elle-même, qu'elle deviendrait presque de bon cœur simple véhicule d'affection et de tendresse, qu'elle combattrait avec férocité ses derniers lambeaux d'individualité pour se couler avec un soupir d'extase dans le moule de l'abnégation, avant de s'y cadenasser pour ne plus jamais avoir le loisir de songer à rêver d'autre chose.

Elle sera heureuse.

Un bonheur à moitié, un bonheur comme il faut.

Mais elle le sera.

Et elle ne saura plus ne plus l'être.

Elle ne ressentira plus les accidents et les laideurs.

Elle perdra la possibilité du malheur.

Celle qui rend humain, celle qui rend vivant, celle qui fait regretter et qui pousse à désirer encore plus, celle qui chavire et qui ne laisse jamais rien s'établir comme acquis, celle qui laisse imparfait et rend chaque paillette de réussite un peu plus miraculeuse que la précédente.

Elle n'aura plus qu'un bonheur lisse, indiscutable, irréversible.

Et ça, ça la tuera.

Lentement, avec un grand sourire, dans un parfait apaisement.

Mais il est déjà trop tard, pas vrai ?
Il sera toujours trop tard pour elle, désormais.

— On le fera, mon amour. Bientôt.
On le fera.
On le sera.
Pour toujours.
Toi, moi, et eux.

*

Elle tourne en rond, prête à se jeter en plein dans les bras grands ouverts de la potentielle pire erreur de sa vie.

Quoi qu'elle fasse, il y a moyen de le regretter.

Mais il n'y a pas moyen de savoir ce qui la détruira le plus.

Se complaire.

Se taire.

Ou partir.

Elle pourrait le faire.

Ça ferait parler, ça impliquerait des semaines de négociations, de deuils, de répartitions, des sourcils réprobateurs et des soupirs atterrés.

Ça ferait disparaître une part d'elle-même qu'elle a certes commencé à mépriser, mais qui n'en est pas moins l'essentiel de son identité.

L'Iris docile.

L'Iris amoureuse.

La grande et belle tige déployée le long d'une histoire d'amour unilinéaire, satisfaisante, prospère.

L'Iris qui rit toujours en harmonie avec le compagnon qu'elle s'est choisi, l'Iris qui s'est comprise et qui s'est donné les moyens de se satisfaire.

L'Iris qui a renoncé aux échecs il y a longtemps déjà.

C'est sa cohérence qu'elle sacrifierait, le récit d'elle-même qu'elle offre au monde depuis des années.

Ne resterait plus qu'un brouillon, un avortement, un néant à assumer.

Elle sans Grégoire.

Son couple sans réciprocité.

Sa rupture sans justification.

Son bonheur sans décence.

Son malheur sans réponse.

Son futur sans visage.

Ses soirées sans son ombre.

Ses larmes sans leur consolateur.

Ses sourires sans leur miroir.

Ses gestes sans leur chorégraphe.

Sa vie sans sa raison d'être.

Du moins celle qu'elle s'était imaginée.

Elle n'a jamais été très courageuse.

On lui a dit l'inverse, mais c'est faux.

Elle n'a fait qu'obéir, se ranger, être rationnelle, ayant très bien compris qu'on a vite tendance à qualifier de brave ce qui relève plutôt du conformisme et de la stratégie.

Elle a bien joué.

Sans prendre de risques.

Sans coup de maître.

Elle aimerait savoir si elle serait capable d'en commettre.

*

Les gens ont arrêté de rompre, autour d'elle.

La grande saison des dévastations, c'était il y a quelques années déjà, à la mi-vingtaine, lorsque les distances s'annulaient, que les plans se constituaient, que les lignes inflexibles se dessinaient pour la première fois.

Les visages perdaient leurs dernières rondeurs, les illusions se dissipaient sous l'effet des obligations, les discours se modulaient.

Elle en avait accueilli, des confidences, à l'époque.

Des tromperies, des coucheries, des déceptions, des incompatibilités.

D'un côté ceux qui ne voulaient pas, de l'autre ceux qui ne pouvaient pas, entre les deux ceux qui ne savaient pas, qui ne le sentaient juste pas, et puis enfin les renégats, ceux qui faisaient n'importe quoi, ceux qui partaient sans un mot et ravageaient sans regrets.

Le résultat restait le même, une valse incessante de couples en lesquels on ne croyait plus vraiment, des larmes, sèches et vieillies, des périodes de rémission de plus en plus courtes suivant leur parcours de colère et de marchandage en accéléré, puis l'aventure suivante, la claque inévitable, la ronde furieuse et magique d'un rituel d'appariement dans lequel on se vautrait sans jamais avoir questionné la raison pour laquelle on s'y fiait.

Et puis un jour, tout s'était stabilisé.

Les regards s'étaient accrochés les uns aux autres, les téléphones avaient vu leurs écrans s'apaiser, les annulaires s'étaient ornés de promesses précieuses, les couples s'étaient donné une contenance.

Il commençait à être temps.

Iris avait assisté à ce spectacle-là, tranquille, arrogante presque, sa main vissée dans celle de son compagnon de toujours, ses habitudes confortées par chaque nouveau souvenir incrusté dans le grand tableau de leur complicité.

Elle ne saurait pas dire quand la machine a commencé à gripper.

Il n'y a pas eu d'accident, de parole de travers, d'insulte volontaire.

Juste une dissonance, presque muette au départ, indiscernable à moins d'y prêter attention.

Un agacement, un geste d'humeur face à ses sempiternelles petites gesticulations, une lassitude sans nom ni objet dont la violence la saisissait chaque fois un peu plus.

Une musique cruelle qui se gonflait du moindre petit germe de reproche, des revendications immatures qui avaient appris à se nourrir elles-mêmes, en vase clos, sans plus chercher à se justifier d'exister.

Et elle en est arrivée là.

Bouffie de haine et de regrets de ce dans quoi elle s'apprête à se précipiter.

Reste à savoir s'il lui est encore possible de fuir, de se trouver.

Ailleurs, quelque part, peu importe, tant que ça lui est nouveau.

Savoir si l'enfance ne l'a pas entièrement désertée.

Si le long sommeil de son bonheur factice a laissé intacts en elle quelques fragments d'authenticité.

*

— Bref, tout ça pour dire, ce client était un gros con, mais j'ai fini par l'avoir à son propre jeu, triomphe Garance avec un petit sourire satisfait.

— Bien joué, approuve Iris en priant de toutes ses forces pour sonner au moins pas trop faux, à défaut d'avoir l'air sincère.

Garance prend une dernière gorgée de son cappuccino, rajuste son col déjà parfaitement symétrique.

— Bon, et toi alors, tu voulais me parler d'un truc ? demande-t-elle d'un ton égal.

Iris inspire profondément.

C'est pour ça qu'elle est là, qu'elle a proposé ce café à Garance.

Dans l'espoir tendre de retrouver le goût léger de leur après-midi d'insouciance.

De se réfugier dans une étreinte connue.

De délivrer enfin ce qui la dévore depuis des mois.

Anastasia ne peut pas, ne doit pas l'entendre, elle a déjà tellement à porter.

Garance, elle, elle est légère, sa vie file comme un bolide ravi de sa propre allure, ses objectifs s'alignent dans une danse mécanique.

Elle a les épaules.

Elle saura la soutenir.

Il s'agit juste de trouver les mots.

Les mots du scandale, les mots du parjure, les mots irréversibles.

Si Iris le formule, ça deviendra réel.

— Je crois que je n'aime plus Grégoire, finit-elle par lâcher.

Ce n'est pas ce qu'il aurait fallu dire.

Ce n'est pas le fond du problème.

C'est tout ce qu'elle est en capacité d'articuler.

Garance écarquille de grands yeux outrés.

— Je l'aime, évidemment que je l'aime, s'empresse de préciser Iris. Ce n'est pas ce que je voulais dire, c'est plutôt… je ne l'aime pas comme lui. Je ne l'aime pas comme il faut.

— Deux personnes ne s'aiment jamais de la même façon, tu sais, avance Garance tout en considérant Iris d'un œil prudent, comme si cette dernière était en réalité une bombe sur le point d'exploser.

— Je sais, mais là… il est tellement excessif dans son amour, il contrôle tout ce que je fais, il valide tout, il me pousse constamment, même et surtout là où je n'ai absolument aucune envie d'aller…

— Mais c'est bien, ça, il t'aide à aller au-delà de tes limites…

— Mais je veux les trouver seule, mes limites ! explose Iris.

Quelques têtes inquisitrices se tournent vers les deux jeunes femmes.

À retenir : éviter les conversations émotionnellement lourdes dans des endroits publics.

— Alors Iris, déjà, tu ne m'agresses pas, OK, fait Garance d'une voix glaciale.

Iris se décompose.

— Je suis désolée, je vais m'en aller, ça vaut mieux…

— Non, tu restes, lui intime-t-elle. Je comprends ce que tu ressens. On passe tous par là. Vraiment.

Ah oui ?

Ça l'étonnerait.

— T'es avec ton mec depuis une éternité, vous allez vous marier, vous allez bientôt avoir des enfants, et ça fait beaucoup. Ça fait peur. Ça fait trop. Alors tu te cherches des portes de sortie, t'essaies de te convaincre que t'as besoin d'autre chose parce que t'es encore trop jeune pour comprendre que tu as déjà trouvé tout ce dont t'avais besoin.

— Mais…

— Je le sais, parce que je vous vois depuis des années, parce que moi, j'ai passé toute ma vie d'adulte à enchaîner des rencards qui ne menaient nulle part avec des types pathétiques à peine capables d'aligner trois remarques sur quelqu'un d'autre qu'eux-mêmes. Lui, il n'est pas comme ça. Il sera là pour toi toute ta vie, il ne te laissera jamais tomber, et t'as une chance inouïe d'avoir pu t'offrir ça si jeune.

— Mais si ce n'est pas ce que je veux…

— Je pourrais t'en vouloir, tu sais ? lance Garance, presque menaçante.

Elle en a l'air, honnêtement.

— Mais non, je ne t'en veux pas, reprend-elle. Je te comprends. J'aurais pensé pareil à ta place, j'aurais voulu tenter des trucs, me mettre un peu en danger. Mais pitié, Iris, écoute-moi, crois-moi, j'ai fait tout ce qui t'attire, les escapades, les coups d'un soir, les plans cul, et crois-moi, ça ne vaut pas le coup. Pas quand tu as pour toi une perle comme Greg.

Iris s'en étouffe presque.

Elle voudrait répondre.

À l'indignation.

À la surdité.

Au détournement d'intention.

Rétablir sa justice.

Faire dévier le train de pensées que Garance vient de lui dérober.

Mais Iris n'a jamais su faire face à l'adversité.

Ce n'est pas aujourd'hui que ça va changer.

— On est les mêmes, toi et moi, reprend Garance dans sa litanie sordide. Il y en a juste une de nous deux qui a eu plus de chance que l'autre, et je ne t'en veux pas pour ça, vraiment. Mais juste, Iris, juste, sois reconnaissante et ne viens pas insulter toutes les filles malheureuses en amour en crachant sur le seul mec qui me donne foi en le genre masculin.

Iris balbutie, sent sa valve de contrôle interne céder sous la pression des regrets déchaînés.

Elle n'aurait pas dû.

Elle n'avait pas su.

— Je suis désolée d'être brutale comme ça, tempère Garance. Mais je pense que tu as besoin que quelqu'un te dise tout ça sans faire dans la dentelle. Crois-moi, je sais de quoi je parle.

Iris baisse la tête, rétropédale, reformule une proto-vérité affadie qui n'a plus rien à voir avec ce qu'elle ressent mais semble contenter Garance.

On ne l'y reprendra pas à deux fois.

*

Elle n'a croisé personne, en chemin.

Pas de voisin, pas de visage familier.

Elle est toute seule.

Elle ne devrait pas se sentir nerveuse.

C'est bête.

Elle sonne, deux petits coups saccadés, comme elle avait l'habitude de le faire.

Anastasia lui ouvre, pas vraiment présente, sans être franchement de mauvaise humeur non plus.

— Désolée, j'ai une sale tête, j'ai vomi, lâche-t-elle en guise de bienvenue.

Iris pose son sac dans un coin, renoue avec les lieux.

Elle avait l'habitude de trouver ici un havre de sociabilité, voué aux apéros et aux soirées arrosées.

Un énorme canapé qui ne semblait complet que lorsque cinq corps différents y étaient alanguis, une table centrale, un bar rutilant, une vue stratégique sur les toits anthracite de la ville.

Aujourd'hui, l'endroit relève davantage de la cellule d'un moine neurasthénique.

Deux plaids abandonnés dans des recoins spécifiques, une pile de journaux défraîchis, une poubelle qu'il aurait fallu descendre il y a trois jours.

Ça n'a rien du dépotoir, ça reste chez Anastasia, soigné, discret, fonctionnel.

On y retrouve ce rien d'élégance, d'attention aux détails.

Mais ça change.

— J'adore ton canapé, tente Iris.

Pathétique.

— C'est trop grand ici, quand on est seul, marmonne Anastasia.

Et elle a raison.

Iris repart à la charge, toujours plus déterminée à alléger l'atmosphère par tous les moyens possibles.

— T'as Louis qui vient souvent, quand même…

Anastasia a un sourire rouillé, métallique.

— T'es la première personne qui vient ici depuis cinq mois, finit-elle par avouer.

Iris se fige, interdite.

— Attends, tu ne l'as pas…, sursaute-t-elle.

— Nan, c'est lui qui m'a quittée, rectifie Anastasia avec résignation.

— Mais ton cancer…

— Il ne savait pas, soupire Anastasia en haussant une épaule. Je n'allais pas le rappeler en lui disant : « Au fait, tu me quittes, très bien, mais j'ai une bonne nouvelle à t'annoncer, et ça devrait vraiment te donner envie de me sauter dans les bras ! » Non, il m'a quittée sans savoir, il a fait ce qu'il voulait sans être retenu prisonnier, il ne savait pas tout et tant mieux, ça aurait été tellement pire d'avoir un garde-malade contraint, de le voir avec son air malheureux… Autant être seule.

— Il sait, aujourd'hui ?

Anastasia hoche la tête, n'ajoute rien.

Le dossier est clos.

Ça devait se finir comme ça, pas vrai ?

Elles se l'étaient déjà dit.

Il y avait eu trop de disputes, de haines rabibochées, d'amour violenté.

C'était beau tant que ça durait.

— Toi, Grégoire ? Je l'ai pas vu depuis…

— … mon anniversaire, complète Iris.

— Ouais, c'est ça. Ça remonte, putain.

Anastasia se tourne vers le plan de travail, remplit une bouilloire.

— Je t'aurais bien proposé un bon verre de rouge, mais moi j'ai plus le droit et si je te regarde en boire sans moi je vais avoir envie de te taper, raille-t-elle.

— Pas de souci, balbutie Iris.

— Camomille, rooibos, menthe poivrée ?

— Tu t'y connais mieux que moi.

— Ah ça, confirme Anastasia. J'ai épuisé toute la gamme « Nuit Tranquille » du Monoprix.

Elle farfouille, pioche deux sachets au hasard.

— Ce sera verveine-menthe et vanille.

— Parfait.

Un long silence, une minute sans doute, pas plus, le temps que la bouilloire s'échauffe et qu'Iris atterrisse.

— Bon. Grégoire, donc, relance Anastasia une fois les mugs posés entre elles sur la table basse.

— Comment ça, Grégoire ? réagit Iris, prise au dépourvu. Qu'est-ce que…

— Arrête, fais pas semblant, la coupe Anastasia. J'ai pas le temps de te laisser hésiter cent sept ans, j'ai une maladie mortelle, OK ?

Elle a un sourire ravi.

— T'as vu, c'est pratique, la carte cancer, ajoute-t-elle avec fourberie.

Iris cède, contemple son amie avec amusement.

— T'es pire que jamais, toi.

Anastasia cligne des yeux en signe d'assentiment, fière de son petit effet.

— Je l'aime Grégoire, tu sais, commence Iris.

— Ouais, mais il te fait chier.

— Non, même pas, la contredit Iris, trop soulagée d'enfin se confesser pour s'offusquer de la brutalité d'Anastasia. Il est… il est juste trop.

— Il est jaloux ?

— Ben ça oui, depuis le début, mais je suis habituée, c'est pas ça le problème…

— C'est quand même un sacré problème, si je peux me permettre, glisse Anastasia.

— Oui, bon, hein, tu vas arrêter de m'interrompre, OK ? fait Iris sur un ton faussement vexé.

— Pardon, pardon, continue… Mais je demande à ce qu'on insulte Louis pendant au moins une demi-heure quand tu auras fini, je trouve qu'on est passées un peu vite sur ma rupture.

Iris roule des yeux, reprend :

— OK, Grégoire, il est, il est…

— ... trop pur.

— Exactement, confirme Iris. Il est trop tout court.

— C'est pas bon, ça.

— Il veut tellement de moi, il voit tellement en moi… Je suis sa déesse, c'est comme ça depuis le début, de pire en pire même…

— L'angoisse.

— Mais personne ne pense comme toi, t'es la seule à me dire ça ! s'enflamme Iris. Tout le monde me répète que c'est le meilleur mec de l'univers, que j'ai une chance pas possible, et oui, c'est vrai, j'en ai, mais ça ne veut pas dire pour autant que c'est ce que je veux…

— Tu veux avoir le droit de te planter, suggère Anastasia.

— Ouais. En tout cas de voir autre chose.

— Il t'ennuie ?

— Déjà, mais c'est surtout…

Elle cherche ses mots, sent le poids d'années et d'années de frustration s'agiter en elle.

C'est plus facile, cela dit, cette fois.

Elle sait qu'elle sera entendue.

— Il m'étouffe. Il m'empêche d'être moi, il m'ensevelit tous les soirs sous trois tonnes d'attention, d'amour, de papouilles, il me dorlote, il me brosse dans le sens du poil, enfin je sais pas, c'est limite s'il applaudit pas quand je vais aux toilettes…

— L'enfer, la nargue Anastasia en esquivant un coup de coussin.

— Fais pas semblant de pas comprendre !

— Honnêtement, j'ai jamais vécu ça et je n'ai aucune idée de comment t'as eu le courage de tenir douze ans dans une relation pareille, donc j'ai plus d'admiration qu'autre chose pour toi.

— J'avais peur de ne jamais trouver quelqu'un qui m'aime autant.

— Tu ne trouveras jamais quelqu'un qui t'aime autant, tranche Anastasia. Mais c'est pas grave.

— Pardon ?

— Il n'y a que lui pour t'aimer comme ça, et il n'y aura que lui. Il est fou de toi, plus que n'importe qui d'autre. Mais c'est pas sain. C'est pas normal. C'est pas ce dont t'as besoin. T'as besoin de quelqu'un qui te confronte et qui ne prend pas de gants avec toi.

— Comme Louis ?

— Louis, c'était encore autre chose, tempère Anastasia. Nous aussi, c'était trop, mais dans l'extrême inverse. Vers la fin, on était tellement obsédés par l'idée de s'imposer face à l'autre qu'on en avait même oublié que parfois on aurait pu ne pas se disputer.

— C'est triste.

— Oui, sûrement. C'était assez jouissif, aussi. Ça n'arrêtait jamais. J'ai tellement appris.

— J'ai l'impression d'avoir régressé avec Grégoire, lâche Iris.

— Normal, il s'occupe de toi comme si t'avais onze ans. Je suis limite étonnée qu'il ne te prédécoupe pas la viande avant de te servir ton steak le soir.

— Tu rigoles, mais il l'a déjà fait, quand j'étais malade, avoue Iris.

— C'est pire que ce que je croyais, s'esclaffe Anastasia.

— Tu penses pas que je fais une connerie ?

— Chaton, la connerie, tu la répètes chaque jour depuis douze ans que tu es avec ce mec. Il faut te sortir de tout ça, sinon tu vas commencer à t'aigrir, et vraiment, là ça va pas être beau à voir.

— Oui…

— Tu le sens déjà, non, que c'est mort ? Quand t'es honnête avec toi-même ?

— Je commence à le détester, surtout, reconnaît Iris. Et je refuse ça. Mais j'ai tellement peur de le perdre… Si au moins on pouvait rester amis, mais je sais qu'il n'acceptera jamais que je sois autre chose que la femme de sa vie…

— Tu sais que je ne te le dirais pas si je ne pensais pas que c'est absolument nécessaire, tu sais que je ne me mêlerais pas d'un sujet aussi intime si c'était juste un truc superficiel. Mais honnêtement ? Depuis qu'on se revoit, depuis une semaine qu'on se parle presque tous les jours, je ne te reconnais pas. T'es bouffée de partout, t'es anxieuse, t'es malade. Il faut agir.

— Je veux essayer, au moins, soupire Iris.

Elle fait tourner sa tasse entre ses mains, tente de s'y absorber.

De s'y oublier.

De s'y nier.

Noirs.

Les ongles sont noirs aujourd'hui.

Elle va le trouver où, son espoir, sans lui ?

— Tu sais que tu vas devoir le quitter, à un moment ? finit par murmurer Anastasia.

Sa voix oscille entre l'inquiétude et la sévérité.

Elle n'a jamais paru aussi sage.

*

— C'est moi ! clame Iris en refermant la porte derrière elle, crispée.

— Mon amour, se précipite Grégoire en accourant vers elle. Comment c'était ? Tu n'es pas trop chamboulée ?

C'est tout lui.

— Moi je vais bien, c'est Anastasia la malade, esquive Iris avec un rire gêné.

Elle le contourne, guette sa prochaine cargaison de sucreries amoureuses.

Ça ne saurait plus tarder.

— Tu sais, j'ai repensé à l'autre soir, au café..., commence soudain Grégoire.

Iris fait volte-face, surprise.

Elle ne s'attendait pas à ça.

Rien de moins grégoiresque que d'évoquer les sujets qui fâchent.

— Et je voulais te dire...

Elle se crispe.

Peut-être que ça y est.

Peut-être qu'elle a dépassé les bornes.

Atteint le point de non-retour.

Dévoré les dernières réserves de patience de Grégoire.

Peut-être qu'elle s'apprête à découvrir que tout ce temps, elle n'a fait que gravir une montagne certes vertigineuse mais finie, dont elle vient d'atteindre le sommet, et dont elle va à présent dégringoler dans une chute d'autant plus brutale qu'elle s'en était crue immunisée à jamais.

— Je voulais te demander pardon.

Pardon ?

— J'aurais dû faire attention à toi, c'était vraiment pas très délicat de te faire sortir avec moi, aussi longtemps, aussi tard, alors que c'est dur au boulot, que tu as Anastasia en plus, enfin bref, je n'en reviens pas d'avoir été aussi con, j'espère que tu me pardonneras, en tout cas que tu comprendras. Voilà.

Elle étouffe un éclat de rire acide.

Et le jour où elle tuera quelqu'un, il dira quoi ?

Que l'autre n'avait qu'à pas se mettre en travers de son chemin ?

— Mais non, tu n'as pas à demander pardon, c'est moi qui ai abusé, vraiment, tente-t-elle de lui faire comprendre.

Grégoire s'avance, prend le visage d'Iris entre les mains, avec autant de délicatesse que s'il s'agissait du bijou qu'il y voit.

— Tu es tellement dure avec toi-même…

Dure, oui.

Avec elle-même, peut-être.

Mais elle s'apprête à l'être tellement davantage avec lui.

*

Ça pourrait se passer de mille façons différentes.

Un soir, au dîner, les fourchettes en miroir, les regards haineux ricochant sur les verres encore remplis.

Sans prévenir, en pleine promenade, le visage battu de vents contraires.

À l'improviste, sur le canapé, alors qu'une série quelconque développe ses intrigues prémâchées.

Dans un cadre prévu, neutre, après une annonce destinée à apaiser les blessures et préparer au pire.

En public, même, dans un ultime geste d'insolence, une tentative de se rendre plus cruelle qu'elle n'a jamais su l'être.

Elle aura l'air défaite, résignée, lisse et illisible.

Il s'évertuera à la déchiffrer, à trouver une réponse alternative quelque part entre ses yeux et ses lèvres pincées, un moyen de se rassurer, une prise à laquelle s'accrocher.

Il ne trouvera que des fuites et des silences.

Elle parlera, n'aura pas le courage d'enrober son discours de préliminaires et autres commentaires adoucissants.

Elle ira droit au but.

Pas tellement pour lui rendre service à lui, non, honnêtement, elle est déjà bien trop fatiguée pour ça.

Non, ce sera pour elle, pour se garantir de ne pas flancher, d'aller au bout, pour se barrer l'accès à toute porte de sortie improvisée.

Elle se connaît.

Elle serait capable de s'interrompre en plein laïus, effrayée, pour faire volte-face et se retrouver à lui demander d'acheter une maison avec elle sans s'en rendre compte.

Elle ne sait plus être seule.

Elle n'en sera peut-être plus jamais capable.

Mais elle saura qu'elle n'aurait jamais pu faire autrement.

Cette certitude-là, personne ne la lui arrachera.

Elle attendra sa réaction, nauséeuse, hilare, ravagée.

Il la dévisagera, son regard complètement vide.

Elle ne lui aura jamais connu pareille expression.

Trop hébété pour seulement penser renvoyer la moindre émotion.

Elle répétera sa sentence, doucement, détachant les mots comme on psalmodie une formule magique aux effets irréversibles.

Cette fois-là, il comprendra.

Un spasme furieux broiera sa joue gauche, un infime sursaut fera trembler ses paupières fébriles, un hoquet silencieux fera résonner sa gorge d'une plainte pathétique.

Il balbutiera un mot, finira par lâcher une pauvre question stupide, diminuée, affligée.

Elle répondra d'un air docte, concentrée sur son ton, sa posture, sa voix qu'il faudra consolider, barricader contre toute dénégation, faire paraître noble et fière.

Elle le consolera, bien sûr, avec un rien de condescendance, un petit filet de pitié, recouvrira le tout d'une traînée pimpante de tendresse, et c'en sera fini d'eux.

Elle ne se forcera pas à lui dire au revoir.

Elle lui tournera le dos, quittera la pièce, l'immeuble, la ville, courra des kilomètres en riant comme l'enfant qu'elle aura commencé à redevenir, se laissera chambouler par un vertige incrédule, accueillera quelques larmes, quelques vapeurs éparses de souvenirs désormais antiques et figés, se récitera ses promesses personnelles, se forcera à imaginer un avenir radieux quand bien même il sera encore beaucoup trop tôt pour ça.

Elle se convaincra que le deuil sera doux et fulgurant, que l'amour lui retombera dessus comme il l'a fait la dernière fois, se félicitera chaque jour un peu plus de son attentat sentimental.

Elle sera nue, criminelle, ravie.

Peu après, les reproches commenceront à surgir, se nourrissant les uns des autres jusqu'à constituer une muraille de ronces furieuses.

On lui demandera de rendre des comptes, on voudra savoir si elle l'a trompé, si elle a voulu se venger, de quoi, va savoir, on remuera ciel et terre pour lui montrer l'étendue de sa faute.

Elle en aura vu d'autres.

Elle tiendra bon.

Elle aura le devoir d'être heureuse, d'afficher un grand sourire sincère au reste du monde pour prouver combien elle aura eu raison d'agir comme elle l'a fait, elle aura sacrifié son droit à l'erreur, elle plongera dans un grand bain d'intransigeance.

Elle sera devenue une trouble-fête, une anomalie.

Mais peu lui importera.

Elle aura retrouvé autre chose.

Quelque chose de léger et de précieux, qu'on ne possède souvent qu'une fois dans sa vie, sans même en réaliser la valeur.

Une forme d'innocence.

De confiance béate et infantile en ce qui s'ensuivra.

Le goût des saccages.

III

AILLEURS

Lolita

— Dans deux semaines, tout sera fini…, murmure Lolita.

Mélina relève la tête, déconcertée.

— Pourquoi tu dis ça ?

— Le bac, le lycée, tout ça. J'ai rien vu passer.

— Non, moi non plus, lui accorde Mélina.

Son visage rond scintille à la lumière, constellé de petits boutons invisibles à l'ombre, comme un croissant de lune granuleux.

— Je me demande si j'aurais pas dû…

— Quoi ? s'impatiente Mélina. Tu vas encore me dire que t'aurais dû demander de meilleures prépas ou t'inscrire dans une école d'art à douze mille balles l'année ? Oui, on sait, on a compris, t'es comme ta sœur, tu vaux mieux que nous.

Elle se renfrogne, arrachant trois pâquerettes dans un geste assez révélateur de son agacement.

— Pardon, soupire Lolita. Je suis désolée, je suis insupportable.

— Un peu, la taquine Mélina. Mais on s'habitue.

Lolita n'ajoute rien, s'abandonne à la contemplation du ciel bleu pervenche.

Dans quatre jours, l'épreuve de philo.

Après ça, un été à tuer.

Et encore après, la prépa.

Une prépa droit, à Blomet, à Paris, un truc nouveau, ambitieux apparemment, en tout cas sa mère est aux anges, elle a collectionné les brochures comme autant de perles d'un collier de vanité et s'empresse de les coller sous le nez des voisins dès qu'elle le peut.

Et elle ?

Ça lui va.

Ça finira par lui aller.

— Tu sais, je crois qu'il faut se satisfaire de ce qu'on a, parfois, lâche Mélina.

Lolita marque un arrêt, surprise, avant de soupirer :

— C'est triste de dire ça…

— Tu dis ça parce que tu en es capable, fait Mélina avec un faible sourire. Moi, je sais que non. C'est comme ça. Il y a des gens pour qui c'est possible de rêver grand. Et d'autres non. Il faut juste l'accepter.

— Je pense vraiment pas, insiste Lolita. Ou alors quoi, ce serait juste une question d'argent ?

— De ça oui, et de personnalité, d'éducation, de genre, je sais pas. Ta hargne, là. Moi, je ne l'ai pas, je ne l'ai jamais eue, et ça ne servirait à rien que j'aille la chercher.

Lolita reste pensive, l'herbe lui glissant entre les doigts.

— Je suis sûre que tu en as. Il faut juste apprendre à lui parler.

— Alors je n'en ai pas envie, tranche Mélina. Je suis désolée si ça te vexe que je dise ça, mais t'as pas à me sauver de mes propres choix, Loli. J'ai besoin de gagner de l'argent vite. L'esthétique, ça me plaît, ça me rendra heureuse, et je suis la mieux placée pour le savoir.

Lolita n'a jamais dit le contraire.

— Ce n'est pas de l'arrogance, tu sais, tente-t-elle. C'est de l'insécurité.

— Sans doute.

— Vraiment, je ne me crois pas meilleure que le reste du monde. Ma mère, peut-être, mais honnêtement ça je m'en fous, non, moi ce qui me rend dingue, c'est l'idée que si ça se trouve, je suis en train de me trahir sans le savoir, et que je ne m'en rendrai compte que dans quelques années, quand il sera trop tard…

Mélina a un petit rire amusé.

— Tu te prends beaucoup trop la tête.

— Eh, comment tu crois que j'arrive à avoir 16 en philo ?

Elle esquive le classeur de maths dont Mélina la menace.

— Ça va aller, Loli. Vraiment. Et moi, tant que tu ne me laisses pas tomber pour les Parisiens, je te jure que je te soutiendrai et que j'essuierai tes larmes si tu fais une crise existentielle dans cinq ans.

— Ça marche.

Elles échangent un long regard barbouillé de lucidité et d'amertume.

Toutes deux savent très bien ce qui suivra leur conversation, leur été, leurs années d'études.

Les incompréhensions, les écarts de niveau de vie, les silences, les rancœurs accumulées, les jalousies, les mépris, et la simple indifférence envers des existences qu'il faudrait avoir sous les yeux pour s'en souvenir.

Ce n'est pas si grave.

Elles ne s'en veulent pas.

Elles auront d'autres amis, d'autres complicités, d'autres projets.

Et d'ici là, encore quelques jours à y croire, à oublier le reste, à s'attarder dans cette gratuité enfantine.

Encore quelques jours à être celles qu'elles auraient pu rester.

— On reprend l'existentialisme ?

On reprend.

*

Neuf heures.

Purée de chou-fleur.

Absence totale de chaleur.

— Anastasia m'a appelé, elle était bizarre, laisse échapper Patrick.

— Qu'est-ce qu'elle t'a dit ? s'inquiète Sofia.

— Elle parlait du boulot, elle dit que ça se passe mal, qu'elle en a déjà marre…

— Faut qu'elle se laisse du temps, c'est normal, après ce qu'elle a traversé…

— Elle ne peut pas savoir ce qu'elle veut encore, elle doit être tellement perturbée… les choses vont se remettre en place…

Tous deux échangent un hochement de tête docte, retournent à leur purée.

— Ou alors elle vient juste de comprendre à quel point elle aurait mieux fait de ne pas vous écouter quand vous lui avez répété d'être « raisonnable » et « pragmatique » tout au long de ses études, murmure Lolita.

— *Madre de Dios*, Dolorès, tu ne vas pas recommencer ! s'emporte Sofia.

— Pourquoi tu dis ça, Lolita ? fait Patrick, presque dans une supplique.

— Rien, oubliez. Rien, c'est des conneries, vous savez tout mieux que tout le monde, de toute façon...

— Mais enfin...

Lolita laisse retomber sa fourchette.

— Quoi ? C'est pas vrai ? Me dites pas que ce n'est pas ce que vous venez de faire à l'instant ??

— Mais quoi encore ?

— Là, à dire que si Anastasia va mal c'est juste à cause de son cancer, qu'elle ira mieux bientôt, comme si vous y connaissiez quoi que ce soit, comme si vous aviez eu sa tumeur et sa putain de dépression, comme si vous saviez ce qu'elle fait vraiment au bureau tous les jours !

Silence interloqué.

Moue pincée de Sofia.

Le chou-fleur refroidit aussi vite que l'ambiance à table.

— Lolita, si tu continues...

— Quoi ? Vous allez m'envoyer dans ma chambre ? OK, super, si c'est ça, j'y vais toute seule, tonne-t-elle en prenant son assiette.

— *Quédate aquí,* ordonne Sofia.

— Lolita, si tu as quelque chose à dire, tu le dis, tranche Patrick dans un élan d'autorité paternelle aussi touchant qu'artificiel. C'est à propos de l'an prochain, c'est ça ? Tu vas encore nous dire que tu préfères faire le tour du monde plutôt que d'aller à Blomet ? Tu auras tout le temps pour ça plus tard, tu prendras une année sabbatique en master, mais là c'est trop tôt, tu n'as encore aucune idée de ce qui est bon pour toi…

— Tu vois ?? Tu recommences, tu m'infantilises, tu me dis ce que je dois faire ! Non mais tu t'entends quand tu parles ?

— Je ne sais pas, en tout cas je t'écoute, et laisse-moi te dire que je suis un peu choqué par ton comportement.

Elle lève la tête, laisse résonner un long rire glacé et aride.

— Bien, super, bravo la culpabilisation…

— C'est quoi ton plan alors, toi ? lance Sofia. Dis-nous, parce que c'est bien joli de nous dire qu'on a tort mais si c'est pour ne rien proposer derrière… Et puis enfin, je sais pas, c'est pas l'enfer la prépa, ou même la fac, moi j'aurais tout donné pour pouvoir faire ces études-là, et je ne te parle pas de ta grand-mère…

— Mais non, c'est pas l'enfer, je sais ! Peut-être que je vais aimer, j'en sais rien, c'est juste…

Elle prend sa tête entre ses mains, souffle, articule :

— C'est juste que j'ai besoin de temps.

— Mais tu en auras, du temps…

— Justement, non. Je suis trop bonne élève, si je me lance dans quelque chose, je ferai tout pour aller au bout, comme Ana, et si ça se trouve, une fois au bout, je me rendrai compte que je me trompais depuis le début et là il sera trop tard.

— Tu sais, tente Patrick d'un ton doucereux, il y a plein de voies généralistes, qui te donnent du temps… Sciences Po, par exemple, enfin là c'est trop tard pour tenter le concours, mais en master pourquoi pas…

Lolita se hérisse.

— Mais vous ne voyez pas le problème ??

— Quel problème ? s'exclame Sofia. Lolita, t'as vu tes notes, il n'y a pas de problème, le monde t'appartient ! Fais du droit, abandonne le droit, fais Sciences Po, fais une prépa, fais ce que tu veux, mais agis, c'est possible maintenant et seulement maintenant ! Tu ne te rends pas compte de la chance que tu as, l'argent qu'on est prêts à consacrer à tes études, l'ambition qu'on a pour toi...

— Je ne suis pas une machine à bonnes notes, je ne suis pas programmée, je n'ai pas de rails à suivre, je...

Elle se laisse tomber sur une chaise, fixe les motifs emberlificotés du tapis jusqu'à s'en donner la nausée.

Elle se remémore les colonnes et les colonnes de 16, 17, 18, les félicitations, les regards insistants de ses professeurs, les classements des meilleures formations, les bourses au mérite dont on lui a garanti qu'elles lui étaient réservées, les médicaments d'Anastasia, les bannières colorées des sites Internet des écoles de photographie, de dessin, de mode, la résignation du visage de Mélina, l'ombre de son pavillon de banlieue, la caresse de l'herbe fraîche tout à l'heure, les copies anonymes du bac, les grilles de salaire, les mariages de ses cousines, le regard déchiré de sa mère.

Tous ses paradoxes adolescents.

— Je suis douée pour tout mais bonne à rien.

— C'est quoi encore ces *tonterías*..., soupire Sofia.

— Écoute-moi ! Écoute-moi, quand je parle, reprend Lolita, une pointe de désespoir dans la voix. Je suis sage, j'obéis aux règles, je suis performante, je ne vous ai jamais déçus, je n'ai jamais eu l'occasion de me planter, d'expérimenter, de comprendre qui je suis en dehors d'une salle de classe... et j'ai besoin de ça, j'ai besoin de moi dans la vraie vie, de moi dans la galère...

— Et tu crois qu'en te retrouvant toute seule dans la pampa tu comprendras la nature profonde de ton existence ? raille sa mère.

— Ben peut-être, ouais !

— Bon, les filles, on est tous fatigués, on est en train de se dire des choses qu'on regrettera demain, je pense qu'il vaut mieux qu'on en reste là, tente Patrick.

— Mais non !! Pourquoi s'arrêter maintenant, justement, on commence enfin à parler pour de vrai ! exulte Lolita.

Ses parents la fixent, muets, presque effrayés.

Subjugués par la détresse furieuse de leur fille, ses airs de valkyrie, la force de ses poings plantés sur la table, sa morgue, ses ricanements.

Il faut croire qu'il leur reste encore beaucoup à découvrir chez elle.

— Je refuse d'être votre petit pantin, de servir de pansement à vos blessures d'ego, OK ? Si vous voulez une normalienne dans la famille, vous pouvez aller demander à Anastasia de se reconvertir, et sinon t'as qu'à tenter le coup maman, au moins ça t'aidera à t'occuper d'autre chose que de mes vœux d'orientation et à oublier à quel point t'es paniquée par ta ménopause.

Elle a fini.

Elle tire sa chaise et sa révérence, file hors de la pièce, attrape son sac, ses clés, une veste, la repose, ouvre la porte, s'élance dans la rue triste et déserte, esquive la lumière glauque des lampadaires déjà allumés, se jette dans la bouche du RER, reprend son souffle sur le quai.

Elle a dépassé les bornes, elle le sait.

Il était temps.

*

Les épreuves du bac se sont enchaînées, les bonnes notes se sont alignées.

Lolita a fait la satisfaction du reste du monde.

On n'a plus jamais reparlé de l'épisode de la purée de chou-fleur.

Une dispute de plus poussée sous le tapis.

Mais elle n'a pas oublié.

Elle a tout digéré.

La confrontation, les identités contradictoires, les aspirations révélées.

Elle sait où elle en est.

Aujourd'hui, c'est sa petite heure de gloire.

Pour son anniversaire, on lui a organisé un apéro dînatoire.

(C'est Sofia qui veut appeler ça comme ça.

Dans sa tête, ça doit sonner plus élégant.

Dans les faits, c'est juste un apéro avec trop de champagne, pas assez de bonne musique, et beaucoup de feuilletés Picard.)

Anastasia est là, à nouveau.

Désormais, on peut compter sur elle.

Elle a l'air vaillante.

Forte.

C'est débile comme mot, Anastasia détesterait qu'on dise ça d'elle, mais ça reste ce qu'on peut dire de plus vrai à son égard.

Elle tient bon.

Avec morgue, défiance, presque.
Ses yeux pétillent.
Une très fine toison blonde recouvre son crâne, sous le foulard.
Ça fait presque deux mois qu'elle a arrêté la chimio.
Elle remange.
Elle renaît.

C'est la fin de l'été.
Lolita n'en a rien fait de particulier.
À part repousser la lecture de ses ouvrages obligatoires, renier les mails de la prépa et ignorer les messages angoissés des potes de lycée qui lui ont asséné leurs crises existentielles, elle s'est essentiellement consacrée à remâcher des séries prédigérées.
Anastasia l'a invitée à dîner, une fois.
Elles sont allées au cinéma, après.
Lolita l'a sentie nouvelle.
Pas forcément réparée.
Mais stable.
Pas résignée, mieux que ça.
Ouverte.
Consciente.

Aujourd'hui, Lolita a dix-huit ans.
Ça la fait marrer qu'on la félicite, comme si avoir vécu aussi peu de temps était digne d'être salué.
Elle affiche son beau sourire d'apparat, subit les questions pesantes de ses différents oncles et tantes au sujet de ses projets d'avenir.
S'ils savaient.

— Est-ce qu'on a fait le tour des cadeaux ? s'enquiert Sofia, digne maîtresse de maison, se pavanant dans le salon, tissant des conversations aussi superficielles qu'agréables entre les différents invités.

— Non, il y a moi aussi, se signale Anastasia. Enfin, je ne t'ai pas vraiment acheté de cadeau...

— Ah ben bravo ! fait mine de se moquer Patrick.

Elle lui coule un regard agacé.

Il se tait instantanément.

Pauvre papa.

— Je ne t'ai pas acheté de cadeau, mais j'en ai un à te proposer, reprend-elle. Si ça te dit, Iris a loué une voiture, on part demain à Oléron, chez Mamie Jeanne. Et puis après ça, on va prendre du temps pour s'amuser dans la région, on ira à La Rochelle, à Bordeaux, à Biarritz, où on voudra, dans les petits villages perdus, on mangera des chocolatines et on boira du pineau des Charentes. Ce sera bien, promis.

Elle sourit, attend une réaction, fière de son effet.

— Tu veux venir ?

Lolita rougit de plaisir.

— À ton avis, patate ?

*

Les emballages des cadeaux gisent au fond de la poubelle.

La vaisselle en plastique vit ses dernières heures.

Les ballons de baudruche font déjà triste mine.

La fête est finie.

Sofia tonne, vitupère, s'évertue à ne pas comprendre et à assurer qu'elle fait tout pour.

Patrick subit, assiste, se tait.

— Mais pourquoi tu veux partir ? Tu veux rater la rentrée, c'est ça, tu veux juste nous emmerder comme tu le fais depuis le début de l'été ? rugit Sofia.

— Pardon ? s'offusque Lolita.

— Mais oui, tu nous emmerdes, parfaitement ! répète sa mère. À faire la gueule, à nous éviter, à refuser tout ce qu'on te propose… Quand on était chez ta grand-mère, en juillet, t'as passé le séjour entier sur ton téléphone, tu ne parlais à personne, tu me faisais terriblement honte… Et là, comme ça, tu veux y retourner ?

— Je parlais avec Anastasia en juillet, OK ? Elle me manquait, gémit Lolita, les larmes aux yeux.

Sofia prend quelques instants de silence, comme pour se concentrer.

— Tu vois…, murmure-t-elle, la voix faible.

Elle jette un regard triste à sa fille.

— Tu vois, tu aurais juste pu me le dire, à ce moment-là, au lieu de m'ignorer, murmure-t-elle.

Lolita pleure franchement, maintenant.

— Je suis désolée… C'est pas contre toi, contre vous deux, ça n'avait rien à voir…

— Non, non, c'est normal, l'interrompt Sofia. C'est ta sœur. Elle est malade, elle a tous les droits, je…

Elle grogne, reformule :

— Et voilà, là j'ai l'air d'être une affreuse marâtre qui veut empêcher Anastasia de faire partie de la famille, mais non, promis je l'aime, promis je sais qu'elle est très précieuse pour toi, c'est juste que… j'espérais qu'on partagerait un bel été ensemble, parce que c'était sûrement le dernier été que tu accepterais de passer avec nous. Voilà, c'est tout, c'est con, conclut-elle en essuyant ses yeux d'un geste rageur.

— C'est pas con, assure Lolita, doucement. Du tout. C'est… comment je peux t'expliquer…

Patrick les dévisage, toutes les deux.

Deux des femmes de sa vie.

Deux des questions qu'il n'a jamais su se poser comme il le fallait.

— Si je vous dis tout le temps que je veux partir, que je veux changer, si je n'ai pas toujours spécialement envie d'être avec vous, c'est pas parce que je vous rejette ou que je ne vous aime pas, c'est juste que…

Sofia s'est assise, le regard dur.

Déterminée à comprendre.

Lolita achève sa pensée :

— Je veux pouvoir vous donner des réponses, moi aussi. Et c'est pour ça que j'ai besoin de partir. Pour voir des choses que vous ne connaissez pas, pour échapper à votre regard, pour avoir le temps de devenir quelqu'un que vous ne pourrez pas calibrer.

Patrick se met à pleurer, à son tour.

— Et je vous aime, répète Lolita, ce n'est pas ça le problème, qu'est-ce que je vous aime, mais je dois apprendre à le faire autrement.

— On t'aime aussi, chuchote Patrick.

— Et je veux faire partie de cette famille, poursuit Lolita.

Elle inspire.

— Mais ce n'est pas à vous de décider de quelle façon.

*

Iris s'est arrêtée faire le plein.
L'endroit est particulièrement paumé.
Elles sont sur la route depuis deux heures.
C'est le début de l'aventure.

Lolita jubile.
Son téléphone vibre entre ses mains.
Mélina.

Tu sais, ce que tu m'as dit quand on révisait la philo là, j'arrête pas d'y repenser

Comment ça ? l'interroge Lolita.

Mélina prend son temps pour répondre, articule sa réflexion en une rafale de petits messages implacables.

L'esthétique, ça me plaît, mais… je sais pas, en vrai c'est un plan B safe plus qu'autre chose, c'est pas ma vocation quoi
J'ai pas vraiment envie de faire ça, pas toute ma vie
Ce qui me fait rêver, c'est la psycho
Parler aux gens, voir ce qu'ils ne peuvent pas voir
Les aider
Être là
Apprendre d'eux
J'adorerais ça
Mais bon de toute façon c'est trop tard
Parcoursup c'est fini

Et je ne peux pas partir de chez mes parents, ça doit être à Paris ou autour, donc c'est mort

Lolita ne peut réprimer un petit sourire satisfait.
Une de plus.
Une victoire, un virage, une vrille passionnée.

Mais non !! l'encourage-t-elle.
Je suis sûre qu'il y a des procédures parallèles
Tu peux grave négocier
Tente le coup, tu vas tellement regretter sinon

Je sais pas, hésite Mélina. Ça fait une grosse prise de risque non ?

Meuf, fais-le, t'as rien à perdre
Fais-le, pour toi

OK, cède Mélina.
OK, je vais demander

:D :D :D :D

Lolita jubile.
Elle avait raison.
Bien sûr que l'audace n'a pas d'âge, de classe, de profil type, de critères de sélection.
Bien sûr qu'elle est partagée, qu'elle revêt une infinité de visages changeants, chacun rêvant de son projet intime.

Bien sûr que Mélina en est capable.
Comme tous les autres.

Par contre si je me plante c'est ta faute hein, l'avertit Mélina.

Compris chef

T'es vraiment unique toi

On me le dit souvent

*

— Je vais démissionner.
Les deux autres se taisent, attendent un développement.
— Je vais démissionner ? répète Anastasia, comme atterrée soudain de sa propre folie.
— Tu pourrais, fait Iris d'une voix douce.
— Pourquoi tu ferais ça ? lance Lolita, presque comme un défi.
— Parce qu'on se fait quand même terriblement chier, dans cette boîte, s'esclaffe Iris.
— Alors qu'est-ce que t'attends pour partir, toi aussi ? rebondit Lolita.
Iris retrouve aussitôt son sérieux.
— Je pourrais, ouais.
— Et ?
— Mais ce n'est pas mon urgence. Chaque chose en son temps. Et puis mon taf, c'est quand même moins la mort que le tien, Ana.

— J'ai jamais compris ce que tu faisais, d'ailleurs, marmonne Lolita.

— Moi non plus, tu sais, soupire Anastasia. Beaucoup de bruit pour pas grand-chose.

— Moi je dis…, commence Lolita.

Elle cherche ses mots, déclare enfin :

— Moi je dis, à partir du moment où tu doutes, c'est que ça veut dire ce que ça veut dire.

— Quelle sagesse, Lolita, la charrie Anastasia.

— Inspire-toi, au lieu de te moquer !!

— Mais même dans l'hypothèse où je pars, il se passe quoi, après ? réagit Anastasia. Et toi, Iris, tu deviendrais quoi sans moi ?

— Je saurai survivre sans toi au bureau, tu sais, je l'ai déjà fait, s'esclaffe Iris.

— Tu trouveras des projets, renchérit Lolita. T'es la personne la plus monomaniaque que je connais, tu vas te découvrir une nouvelle passion, genre la broderie ou la peinture sur pomme de terre.

Anastasia ne dit rien, laisse reposer sa tête sur son siège.

— Ça pourrait être marrant.

— La peinture sur pomme de terre ? Ah ouais, carrément, pouffe Lolita.

— Non, la liberté… le vide. Un nouveau vide, je veux dire, pas celui-ci, pas celui de la maladie, ça c'était vraiment terrible, mais un vide…

— ... constructif, complète Iris.

— Ouais, voilà. Ce serait bien.

Ce serait bien, oui.

*

Poitiers.
Deux tiers du trajet, à peu près.
Lolita bouillonne, à l'arrière.
Elle a tellement à demander à sa sœur.

Elle vient de comprendre quelque chose, en fait.
Entre Orléans et Tours, sur une autoroute blafarde et déserte.

Anastasia va partir.

Personne ne sait encore où, personne ne sait encore dans quel état.
Ça pourra aussi bien être un départ définitif qu'une reconversion, une fugue, ou une disparition.
Le résultat est le même.
Lolita doit profiter de sa sœur.
Se fabriquer des souvenirs.
La comprendre, la capturer quelque part en elle, pour pouvoir la rappeler lorsqu'elle aura besoin de sa force, de son obstination, de sa rudesse.
Avant qu'il ne soit trop tard.
Alors elle l'interroge.
Sur tout.
Ses goûts, ses copains, ses voyages, ses échecs, ses listes de courses, ses parfums de glace préférés, ses conseils sentimentaux.
Ça plonge Anastasia dans un mélange d'attendrissement et d'irritation.
Lolita aime bien ça.

Elle a toujours été douée pour faire tourner sa grande sœur en bourrique.

Plus que 200 kilomètres.

Lolita a hâte.

De la lumière d'Oléron, partout, virevoltante, des roses trémières, des ombres câlines du sable brun, des matins propres, frais, imperturbables.

De retrouver Jeanne.

Sofia avait raison, à son anniversaire.

Lolita n'a pas été à la hauteur, en juillet.

Elle va tâcher de réparer ça, cette fois.

Anastasia tente de lire, n'y arrive clairement pas.

C'est devenu compliqué pour elle, de se concentrer.

Avant, elle pouvait engloutir un roman russe en un après-midi, en ressortir une analyse pointilleuse et recherchée quelques heures plus tard.

Lolita ne peut qu'imaginer à quel point elle se sent diminuée.

Dépossédée d'elle-même.

Elle n'est même pas sûre qu'elle aurait tenu aussi longtemps à sa place.

C'est peut-être différent, selon les gens.

Lolita appuie son menton sur ses mains, attire l'attention de sa sœur, lui demande :

— Ils sont comment, les autres patients ?

— T'en as encore beaucoup, des questions ? la tance Anastasia, amusée.

— Je fais la conversation, hein, désolée de maintenir une bonne ambiance, marmonne Lolita.

— Tu veux savoir s'il y a des profils de cancéreux, c'est ça ?

Anastasia renverse la tête en arrière, prend son temps, établit des listes intérieures.

— Alors déjà, tu as ceux qui savaient très bien qu'ils allaient finir là tôt ou tard. Les gros fumeurs, ceux qui passent la journée à bouffer des OGM ou des vapeurs toxiques, ceux qui ont tout un arbre généalogique de tumeurs héréditaires, bref, eux, ils sont presque blasés. Ils ont rien à gagner, tout à sauver. Ils sont pas très marrants, honnêtement. C'est les professionnels du cancer, les récidivistes, souvent. Les sérieux, si tu veux.

— Les cancérieux, glisse Lolita.

— Lolita, tu sors, fait Iris, tentant de dissimuler son rire.

— Ensuite, il y a les intolérables, reprend Anastasia, imperturbable. Ceux qui te donnent envie de créer une association caritative, de placarder leur visage sur des affiches et de lancer des levées de fonds pour la recherche. Ceux que tu ne peux pas supporter de voir avec un cathéter ou une canule.

— Les enfants ? devine Lolita.

— Surtout, oui. Les doux en général. Les parents qui meurent d'amour pour leurs gosses, les artistes, les petits génies, les jeunes, les vieux qui ont encore tellement de joie de vivre que ça devrait leur être interdit de mourir. J'ai…

Elle s'interrompt, hésite.

— J'ai rencontré quelqu'un, sur un forum, comme ça. Elle s'appelle Lola. Elle devrait être mariée, elle devrait avoir un bébé, et au lieu de ça elle enchaîne les rendez-vous avec ses oncologues depuis trois ans.

Lolita s'assombrit.

Elle comprend.

Mieux qu'elle ne le souhaiterait.

— Elle va bien ?

Anastasia hausse les épaules.

— Pas trop, non. Mais pas mal non plus, alors ouais, pour une cancéreuse, ça va.

Iris reste muette, les mains vissées au volant.

Elle n'en pense pas moins.

— Et après, tu as les tristes, conclut Anastasia.

Un ange passe.

— Oui, typiquement, moi je suis une triste. Les tristes, ce sont ceux qui ne s'y attendaient tellement pas, ceux pour qui c'était tellement inimaginable, que le simple fait d'accepter la maladie les épuise et qu'ils n'ont même plus la force d'être en colère ou attendrissants ou agressifs ou bien élevés. On est juste… on est juste là. Et c'est déjà beaucoup. C'est déjà trop.

La route assène son roulement mécanique.

L'habitacle semble se resserrer autour des passagères.

— Désolée de t'avoir demandé ça, finit par lâcher Lolita.

— Non, non, il ne faut pas. C'est bien aussi, d'en parler. D'en parler vraiment.

Iris monte le volume de la musique, laisse les notes tendres adoucir la rancœur de sa passagère.

— Ils deviennent quoi, les tristes, quand ils guérissent ? ose ajouter Lolita.

Anastasia sourit, murmure :

— Ils réapprennent le bonheur.

*

— Vingt-cinq balles pour trois sandwichs, ils s'embêtent pas, commente Lolita.

Les deux autres émettent un vague assentiment, engloutissent leur triangle.

La station-service en face d'elles continue d'absorber et de rejeter son flot rituel de clients interchangeables.

Le visage glissant, les gestes policés, lents, banals.

— Vous pensez qu'ils vont où, tous ces gens ? demande Lolita.

Elle devrait arrêter de parler.

Elle le sait.

Elle a juste peur du vide.

— J'adore leur inventer des vies, je suis sûre que je tombe toujours à côté, mais j'aime bien…

— Lui, tu le vois, là ? En face ? lance soudain Anastasia.

— Celui qui fume ?

— Ouais.

Anastasia avale sa dernière bouchée, froisse rageusement l'emballage de son sandwich.

— Lui, je peux te garantir qu'il ne chopera jamais de cancer des poumons.

Lolita la dévisage, interloquée.

— Pourquoi, enfin…

— Parce qu'il n'y a pas de justice et que la vie c'est de la merde, complète Iris.

— Ah.

Lolita s'affaisse sur son siège, toute seule à l'arrière, perdue dans son amas de valises disparates.

— Ouais. Ouais, c'est sûr, finit-elle par admettre.

*

— T'as un copain, Lolita ? fait Iris, l'air de rien.

— Euh…

— Ou une copine, hein, s'empresse-t-elle d'ajouter. Tout est possible.

— Iris, c'est pas loyal de faire ça, ricane Anastasia.

— Comment ça ? s'offusque l'intéressée.

— Poser une question à Lolita sur sa vie amoureuse juste parce que t'as envie qu'on t'en pose sur la tienne… Si tu veux parler de Grégoire, vas-y, t'as pas besoin d'autorisation.

— Mais je…

Iris balbutie, tente de s'emporter, abandonne.

— OK. OK, il faut qu'on parle de Grégoire.

— Des potins !! piaille Lolita, ravie.

— Non, pas vraiment, regrette Iris.

Les deux autres se taisent, la laissent poursuivre.

— Ce serait plus marrant que je vous raconte des histoires d'amants cachés ou de couple libre, mais dans les faits, c'est surtout triste…

C'est souvent triste, songe Lolita, l'amour à cet âge-là.

C'est l'âge où ils se marient tous trop tôt, ou s'inquiètent de ne pas l'avoir encore fait.

C'est l'âge où ils commencent à regretter, sans savoir s'ils voudraient annuler ce qui existe déjà ou le prolonger plus loin encore.

C'est l'âge où ils se détachent des jeunes, des possibles, des excitations.

C'est l'âge où il n'y a plus rien à découvrir et déjà tant à ensevelir.

— Je lui ai dit que je voulais, que j'allais le quitter, finit par avouer Iris.

Elle marque une pause, le temps de s'habituer à cette formulation encore absurde.

Elle reprend, comme pour se défendre :

— Je ne peux plus le voir, je ne veux plus le voir, l'entendre, le supporter, le laisser me dorloter, me convaincre que je veux les mêmes choses que lui, que je vais m'arrêter à lui, que j'ai vu tout ce que j'avais à voir puisque je l'ai lui, que mon monde va se résumer à nous deux maintenant, à juste nous, à rien que nous…

Sa voix s'éteint, tout en brisures.

En parler, c'est terrible.

Ça vient racler quelque part en elle, bien profondément, au niveau de ses convictions et de son orgueil malmené.

Moins que les dernières fois, cela dit.

Elle en prendrait presque l'habitude.

— Tu vas déménager, t'installer seule ? hésite Lolita.

— Il faudrait, répond Iris.

— Tu en es capable, lui assure Anastasia.

Un long silence.

— Désolée si j'ai cassé l'ambiance, lâche Iris.

— Non, fait Lolita, le cœur au bord des lèvres. Pas du tout.

Il n'y avait rien à gâcher.

Lolita était déjà percluse d'angoisses.

Une de plus, une de moins…

— Toi, ça va ? s'inquiète Iris.

— Non. Pas vraiment, marmonne Lolita.

— Tu peux en parler, si tu veux, lui souffle sa grande sœur.

Lolita hausse les épaules, finit par marmonner :

— J'ai peur.

— De quoi ? insiste Anastasia.

Lolita prend quelques secondes, hésite, lance enfin :

— J'ai peur de vivre, j'ai peur de mourir, j'ai peur que ma sœur meure, j'ai peur de me tromper, j'ai peur de me fâcher avec papa et maman, j'ai peur d'être d'accord avec eux, j'ai peur d'obéir, j'ai peur de ne plus jamais avoir de famille, j'ai peur d'avoir peur, j'ai peur que mes amis s'éloignent, j'ai peur qu'il soit déjà trop tard, j'ai peur de mes propres questions, j'ai peur de ne jamais être capable d'aimer, j'ai peur de ne pas savoir ce que je mérite, j'ai peur de ne rien mériter du tout, j'ai peur des injustices, j'ai peur…

Elle s'essouffle.

Contemple l'étendue de sa propre panique.

— Ça fait beaucoup, synthétise Iris.

— Si j'avais su que le road-trip sympa finirait en psychanalyse collective, j'y aurais réfléchi à deux fois avant de vous le proposer, raille Anastasia.

— Roh, ça va hein…, bougonne Lolita.

— Je plaisante, lui assure-t-elle.

Elle prend une inspiration, rassemble ses mots.

— C'est normal d'avoir peur. Le tout, c'est de ne pas te laisser paralyser. De ne rien attendre. Et surtout,

surtout, de ne pas penser que tu mérites certaines choses, que tu n'en mérites pas d'autres.

— Comment ça ?

— Tu ne mérites rien. Personne ne te doit quoi que ce soit. Si, allez, éventuellement tes parents qui te doivent la protection, mais c'est tout. Tu te mérites juste toi. Tu es ta seule certitude. Tu peux potentiellement tout perdre, mais la seule personne à qui tu devras rendre des comptes, la seule personne qui pourra te juger objectivement, la seule personne qui pourra légitimement te faire des reproches ou des félicitations, c'est toi-même.

— Sortez les violons, plaisante Iris.

— Eh, j'ai eu des mois pour penser à tout ça, ça fait une éternité que j'attends de pouvoir vous étaler ma sagesse ! proteste Anastasia.

Les deux éclatent d'un rire sonore.

— Ça rend philosophe, le cancer, dis donc, commente Lolita.

— T'as pas idée.

Iris essuie une larme.

— Tu pleures ?

— Non, je m'hydrate l'œil.

Elle rit encore.

— C'est le bonheur, les voyages entre filles, se moque Anastasia.

— C'est pas forcément la joie, l'essentiel. L'essentiel, c'est de ne pas rester planté... de ne pas...

— De ne jamais se satisfaire.

— On est bientôt arrivées ? râle Lolita. C'est bon là, la philo de comptoir...

— Silence, la gamine dans le fond !

IV

AU-DELÀ

Les femmes

Le soleil se prélasse à l'horizon, dégouline en de soyeuses traînées orangées sur des nuages vaporeux, saupoudre l'océan de cristaux d'un rose tendre.

Les crépuscules sur la plage, c'est autre chose.

Anastasia plonge ses orteils dans le sable, pensive.

Plus qu'un quart d'heure avant d'appeler ses deux supérieurs immédiats.

Ils n'ont pas pu l'avoir au téléphone avant ça, journée trop chargée.

Elle sait ce que c'est.

Tous les trois ont parfaitement conscience de ce qu'elle s'apprête à leur annoncer.

Personne n'a osé en parler.

Personne ne sait encore bien si ce sera accepté.

Ensuite, elle appellera Hugo.

Elle le lui a promis.

Elle attend.

Elle est entre deux eaux, entre deux mondes, deux transgressions.

Elle va partir.

Elle n'a pas le choix.

Elle n'en était pas encore tout à fait sûre en débarquant ici.

Ça faisait si longtemps qu'elle n'était pas venue.

Presque deux ans.

Elle avait séché les dernières vacances familiales, sans même vraiment avoir à s'expliquer.

Une simple fatigue.

L'irrépressible envie de ne plus avoir de comptes à rendre à qui que ce soit.

Elle regrette, maintenant, bien sûr, est-ce qu'elle a seulement besoin de le dire ?

C'était peut-être sa dernière chance d'été, de longues soirées bienheureuses, de lèvres plongées dans des cocktails toujours un peu trop chargés, de sable qui gratte et de vagues qui éclatent, de soupirs face aux châteaux de sable des enfants et de promenades solitaires en quête de coquillages qu'on aura vite fait d'oublier au fond d'un tiroir.

C'était surtout peut-être sa dernière chance de Jeanne, Jeanne et sa joie tranquille de faire tourner sa maison pour une myriade d'invités, Jeanne et ses tartes aux pêches, toujours les mêmes, pourquoi changer, Jeanne rassemblant tout son entourage contre vents et marées pour retracer le fil inchangé d'une vie familiale devenue mythologique.

Les bêtises de Nani, les coups de sang de Loli, les amours malheureuses de Patrick au lycée, les quiproquos générationnels, les anecdotes ressassées, les rituels passés qu'on se complaît à évoquer pour oublier combien il est vain d'espérer les retrouver un jour.

Les après-midi alanguis, à se plaindre de son propre ennui tout en le savourant minute par minute.

L'île radieuse, flamboyante, mouchetée de touristes, de joies toutes simples, de nuages passagers.

Toujours les mêmes mélodies, les mêmes menus, les mêmes meubles à dépoussiérer, les mêmes sentiers à arpenter.

Anastasia le réalise enfin.

Oléron, c'était sa zone franche, son no man's land.

Elle avait été stupide de s'en priver.

Il est peut-être trop tard pour s'y projeter.

Mais il est encore temps d'en profiter.

Aujourd'hui.

Comme elle peut.

Elle tourne la tête vers les dalles abîmées qui mènent vers la maison de sa grand-mère.

Jeanne a été l'une des dernières à pouvoir acheter au bord de la plage.

Plus personne n'en a le droit, depuis la tempête, il y a quelques années déjà.

La maison n'a rien d'inouï, des volets bleu canard, des murs crème en pierres érodées par le sel marin, de larges baies vitrées, quelques serviettes tendues çà et là, barrière souple et accueillante.

Jeanne se prélasse sur sa petite terrasse, invisible à qui ignore sa présence.

Elle était si heureuse de les voir arriver, toutes les trois.

Elles n'avaient pas prévenu.

C'était leur cadeau improvisé.
Leur signe d'affection.
Jeanne a toujours adoré les surprises.

Ce soir, elles mangeront des langoustines, pour fêter la démission d'Anastasia.
Elles les dépiauteront n'importe comment.
Jeanne passera la musique qui lui rappelle sa jeunesse.
Elles insisteront pour faire des crêpes, bidouilleront une préparation avec la moitié des ingrédients.
Jeanne prendra sa voix calme et mystique pour parler des constellations, dehors.
C'est la saison des étoiles filantes.

Anastasia inspire.
Il est presque l'heure.
Un dernier coup d'œil au soleil, à moitié englouti par l'horizon.
Quand elle était petite, elle pouvait passer des heures à piétiner sur la plage, angoissée à l'idée de rater les derniers flamboiements du jour.
Comme pour s'assurer que les choses suivaient bien leur cours, que le temps poursuivait sa marche disciplinée.
Comme si en son absence, la mécanique éprouvée du quotidien allait interrompre sa danse frénétique.

Anastasia se lève, tourne le dos au spectacle, rejoint la maison.

Elle le sait, aujourd'hui.
Tout ira bien.

Elle peut faire confiance.
Elle peut partir.

*

— Est-ce que je peux te poser une question à laquelle tu me promets de répondre ? murmure Hugo, comme si formuler sa peur à voix basse la rendait moins réelle.

Anastasia s'accroche à son téléphone, comme si son interlocuteur pouvait sentir l'effusion de son étreinte.

C'est son premier appel officiel en tant que chômeuse désœuvrée et future aventurière.

— Vas-y, souffle-t-elle.

Elle sait ce que ça va être.

Elle pensait qu'il le ferait plus tôt.

— Tu vas mourir ?

— Je ne sais pas. Je crois. Peut-être.

— T'as regardé tes résultats ? Attends, Anastasia, je suis sérieux là…

Anastasia soupire, esquisse un sourire attendri.

Les résultats.

Elle les avait presque oubliés.

L'enveloppe est arrivée hier.

Ce sont les chiffres décisifs.

À partir de là, on prendra la décision de recommencer un traitement ou non.

De la déclarer condamnée ou tirée d'affaire.

Elle est devenue une sorte de chat de Schrödinger, en plus chauve et moins célèbre.

À moitié morte, à moitié présente, perdue quelque part dans un océan de diagnostics contradictoires.

Tout tient à quelques lignes, quelques signaux, quelques dosages.

— Je les ai sur moi, admet-elle à Hugo. Je ne les ai toujours pas regardés.

Il balbutie, perd ses moyens.

— Mais Anastasia, c'est complètement irresponsable, t'imagines s'il faut recommencer ton traitement et que…

— Je sais ce que je fais, lui assure-t-elle. Je l'ouvrirai, l'enveloppe, OK ? C'est promis. Mais pas cette semaine. Cette semaine, je refuse d'être malade. Cette semaine, je suis juste moi, je voyage, je me retire. Ça marche ?

Il a quelques secondes d'hésitation.

— Tu me promets que tu l'ouvriras en rentrant et que tu reprendras le traitement si nécessaire ?

— Je le ferai sous tes yeux.

— Bon.

Elle l'entendrait presque refréner un sourire.

— T'es un sacré phénomène, toi, hein.

— Suffisamment pour draguer les livreurs à domicile, ouais, le nargue-t-elle.

— Ah, parce qu'il y en a plusieurs, des livreurs à domicile ? feint-il de s'insurger.

— Qu'est-ce que tu veux, je suis à l'article de la mort, j'ai pensé que c'était le moment ou jamais de me constituer un petit harem…

— Arrête. S'il te plaît. Pas de blagues là-dessus.

Elle roule des yeux, amusée.

— Tu me fais rire.

— Sans blague.

Elle laisse quelques instants filer, se concentre sur sa respiration.

Ça fait deux mois qu'ils se sont embarqués dans une idylle complètement folle et très déraisonnable.

Deux mois qu'elle réapprend à aimer.

Deux mois qu'elle ne fait que l'aimer.

— Je dois y aller, j'ai une course... Tu prends soin de toi, d'accord ?

— Promis. Je pense à toi, souffle-t-elle en raccrochant.

Je t'aime.

C'est ça qu'elle aurait dû lui dire.

Mais elle ne peut pas.

Pas avant de savoir.

Si elle restera, s'il y a de l'espoir, si elle peut le laisser s'attacher à elle.

Pour l'heure, elle est encore en vacances, gratuite, détachée du reste.

Pour l'heure, c'est encore l'aventure.

Et le goût retrouvé de la légèreté.

Elle mourra, peut-être.

La fatigue est revenue, au contraire de l'appétit.

Ça peut vouloir tout et rien dire.

Elle n'en sait rien.

Elle n'a plus qu'une certitude.

Quoi qu'il arrive, tout ira bien.

Elle a fait ce qu'il fallait.

Elle s'en ira peut-être, aimée, comblée.

Elle en aura vu beaucoup, trop sans doute, juste ce qu'il fallait vers la fin.

Elle se sera battue.

Elle pourra être fière d'elle.

Sartre aussi.

Elle aura tout accompli, elle aura porté à bras-le-corps sa responsabilité, ses devoirs, ses idéaux.

Elle aura honoré ses ambitions en les désamorçant.

Elle aura su se retourner, s'arrêter, renoncer.

Et si elle vit, ce n'est que le début.

*

— On va devenir quoi ?

Anastasia hausse une épaule.

— Va savoir.

La mer déroule sa trame monotone, puissante, le vent parsème leurs queues-de-cheval sévères de quelques mèches de fantaisie.

— On a encore quelques semaines pour tout décider, j'imagine, murmure Anastasia.

Elle déplie sa serviette, s'assied en tailleur.

— Je crois que je vais partir.

— D'ici ? Mais on vient d'arriver…

— Non, à la rentrée. J'ai des économies, je peux tenir un petit bout de temps sans bosser, et je vais partir, pas forcément loin, peut-être même que je vais m'arrêter à la première grande ville de province, mais juste ailleurs, juste pour pouvoir être quelqu'un de différent. J'ai usé jusqu'à la corde cette Anastasia-là, enfin merde, je l'ai laissée se faire laminer par un cancer pendant plusieurs mois parce que j'avais trop peur des conséquences au taf si on m'annonçait le diagnostic. C'est pas sain. C'est pas normal. C'est fini, tout ça.

— Tu vas me manquer, lâche Lolita.

Sans amertume.

Simple constat d'une tristesse, d'une absurdité.

— Je suis désolée de ne pas suffire à ton bonheur.

Anastasia ne peut pas s'empêcher de rire.

— Mais ce n'est pas toi, patate, toi tu es merveilleuse. C'est moi qui ai besoin de me réparer. Et t'es pas ma psy, t'es ma petite sœur, c'est déjà un boulot assez prenant comme ça.

— Tu parles encore de boulot, tu vois, la tance Lolita.

— Ouais, fait Anastasia, le visage à nouveau fermé. Oui, exactement. C'est de ça que je parle.

— Et tu penses que vivre à Nantes ou à Lyon, ça t'aidera ?

— Je sais pas. Je vais voir. Je pourrais même rester ici, avec mamie, en vrai.

— Tu t'ennuierais tellement ! s'esclaffe Lolita.

— Ah, complètement. Mais ça me ferait du bien, je crois.

Les deux s'installent dans un silence confortable, ouaté, intime.

C'est le début d'une nouvelle ère dont elles ne parviennent pas même à distinguer les contours, un de ces départs que l'on redoute autant qu'on le guette avec curiosité.

Une maturité, en quelque sorte.

— C'était une sacrée année, hein.

— Ah ça.

Une voix tremblante résonne derrière elles, leur arrachant un sursaut.

— Les filles ?

— Iris ?

Lolita se retourne, reste un instant muette face au visage tremblant, instable et déchiré d'Iris.

Ses cheveux bataillent autour de ses yeux dans une danse macabre, ses larmes coulent, ses traits se sont bouffis de regrets évacués, ses cernes profonds soulignent son expression de détresse.

Le vernis de ses ongles a commencé à s'écailler.

— J'ai quitté Grégoire, finit par lâcher Iris d'une voix hagarde.

— C'est maintenant que tu le réalises ? la nargue Anastasia, amusée, émue.

— J'ai quitté Grégoire, répète Iris, cette fois en criant presque.

— Redis-le, pour voir ?

— J'ai quitté Grégoire ! hurle Iris, un grand souffle de vent dans le dos, un délicieux éclat de rire lui remontant le long de l'échine.

Elle rit.

Elle danse.

La plage lui appartient, le monde n'a jamais été aussi vaste, le temps importe peu, c'est le matin et la journée est encore longue, c'est peut-être même le premier matin, le seul qui compte vraiment, elle est seule mais ne s'est jamais sentie mieux entourée, elle est forte, elle jubile, elle n'en revient pas.

Elle passera la journée ici, sur cette dune, inconsciente des heures qui s'écouleront, du poids de ses décisions, les mains plongées dans l'eau, le corps anesthésié par un soleil déjà agressif.

Elle savourera.

Son rire n'en finit pas de déferler en cascades, exerçant des à-coups presque violents sur sa cage thoracique tout amaigrie.

Elle explose de joie, s'abandonne à tout ce que sa décision peut avoir d'effrayant et d'inconsidéré, agite les bras en l'air et se moque pour la première fois de ce qu'on en pensera, de ce qu'on en dira, de ce qu'on en retiendra.

Elle est elle, elle est grande, elle est puissante.

Elle a su dire non.

Elle a su s'ouvrir à tout ce qui s'annonce pour elle.

*

— Eh bien, les filles, on dirait que vous avez passé un sacré pique-nique, commente Jeanne avec une mine amusée. Il est presque neuf heures, je commençais à me dire que j'allais devoir venir vous chercher…

— Oh, mamie, si tu savais, fait Lolita sur un ton inspiré.

— J'ai quitté Grégoire, jubile Iris, savourant chacun des mots de sa phrase comme une friandise extrêmement sucrée et extrêmement interdite.

— Grégoire ? Mais vous n'étiez pas mariés ?

— Presque, mais je m'en fous.

Anastasia coule un regard inquiet à sa grand-mère, guette sa réaction.

Mais Jeanne ne s'indigne pas, pas plus qu'elle ne s'alarme ni ne se formalise.

Au contraire, elle s'illumine.

Ses yeux pâles pétillent, les coins de sa bouche quadrillée de rides symétriques se relèvent en un sourire malicieux.

— Si ça te donne cette joie-là, alors c'est très bien. Les fiançailles, les mariages, ce sont juste des bouts de papier qui facilitent les formalités, et s'ils se mettent à t'enfermer au lieu de te protéger, alors il faut t'en libérer.

— Si papa savait ce que tu penses de la très sainte institution du mariage, s'esclaffe Lolita.

— Oh, il sait.

Les trois jeunes femmes dévisagent Jeanne d'un air interloqué.

— Qu'est-ce que tu veux dire ? finit par la relancer Anastasia.

— Je vais vous raconter.

Jeanne prend son temps.

Ça doit bien faire quarante ans qu'elle attend de délivrer son histoire.

Elle rassemble ses lambeaux de souvenirs, déplie sa mémoire comme une soierie fragile et précieuse qu'elle n'aurait pas manipulée depuis des années, admire ses reflets toujours puissants et évocateurs.

— Je suis une très vieille dame. Je ne suis pas encore trop malade, mais j'ai vécu mon bout de vie, et je commence à devenir un peu périmée.

Lolita se tend, se prépare à protester, mais Jeanne lui intime le silence d'un geste délicat de la main.

— C'est fatigant d'être là, d'avoir quatre-vingt-treize ans, de faire du thé, d'attendre la fin de la journée. Être vieux, comment dire, c'est une forme d'exclusion, on n'est plus là, en tout cas on sait qu'on ne le sera plus pour tous les projets d'avenir, les projets qui comptent, les projets qui maintiennent en vie. On s'est habitué tout au long de son existence à faire partie des jeunes, à être dans le coup, à être de ceux dont on parle avec admiration en disant qu'ils incarnent la volonté, et puis d'un coup d'un seul, vous réalisez que c'est fini pour vous, que vous êtes ailleurs, dans une espèce de nébuleuse où plus personne ne se préoccupe de votre âge puisque vous faites partie de la grande classe aveugle des seniors, et vous devenez un monument qu'on traite avec plus ou moins de considération en fonction du respect que l'on a pour la mémoire et l'héritage.

Elle pose sa tasse de thé, allume une lampe douce.

La soirée est fraîche, simple, pure.

— C'est difficile de lutter contre la nostalgie, poursuit-elle. C'est pour ça que je me suis installée ici, au bord de la mer, sur ma petite île. Ici, je n'ai rien, personne, pas de souvenirs de ma jeunesse contre lesquels batailler chaque jour à chaque fois que je constate que je ne leur corresponds plus. Ici, je suis neuve, enfin en tout cas, hors du temps, impersonnelle. Je suis la vieille dame dans la maison bleue au bord de la plage. C'est reposant.

Anastasia essuie une larme.

Sa poitrine s'emplit de sanglots muets.

— Ici, le temps cesse d'exister. J'ai la pluie, le sable et l'eau pour moi. Je vis de toutes ces choses simples que je ne savais pas vraiment savourer avant, je perds mon âge, parce qu'au fond, quand on médite, qu'on lit et qu'on se repose toute la journée, peu importe qu'on ait cinquante-sept ou quatre-vingt-treize ans, on est toujours la même personne, on mange pareil, et le paysage ne change pas.

Son regard se perd plus loin encore.

— J'étais différente quand j'étais jeune. J'avais ton côté ambitieux, Nani, et ton côté artiste et rêveur, Loli. Il y a cette photo qu'il faut que je vous retrouve, je ne sais pas où elle est passée, en tout cas j'ai dix-neuf ans dessus, une espèce de béret absurde sur le crâne, et je danse, et je souris, et j'ai sous le bras un portfolio avec mes dessins, mon Dieu ce qu'ils pouvaient être mauvais !

Elle rit un instant, comblée d'images qu'elle seule peut voir.

— J'étais malheureuse, pourtant, vous savez, et je n'ai fait que le devenir un peu plus avec chaque année qui passait. J'ai vieilli, je me suis endurcie, c'était sans doute une bonne chose, ça m'a rendue plus solide, mais ce que j'ai pu avoir mal…

Elle hoche la tête.

Poursuit, encore, toujours.

On ne l'arrêtera plus, désormais.

— J'ai fait des études, pas tellement par ambition comme vous, plutôt parce qu'à l'époque ça permettait aux jeunes filles de bonne famille de rencontrer de bons partis. Et puis j'ai épousé votre grand-père, je suis devenue institutrice, enfin tout ça vous le savez, j'ai eu Patrick et ses sœurs, j'ai pris quelques années de congé pour tenir la maison, j'avais mes amies, un bon rythme, mais c'était…

— ... insuffisant, complète Iris.

— C'était insuffisant. Et mon Michel était absent, il faisait des efforts, mais… c'était un autre temps, fait-elle avec un signe de la main, éludant le manque, les reproches, la colère larvée et entassée des décennies durant, la silhouette masculine que l'on guette autant qu'on la redoute, le mélange constant d'affection et d'exaspération, la solitude, toujours, son corps fatigué laissé seul face à la béance des tâches à exécuter.

Elle ménage une pause, reprend encore.

— Un jour, je suis sortie faire les courses, et puis dans la queue, il y avait…

Ses pommettes se colorent d'un rose tendre, inattendu.

— Un jeune homme, nous dirons. Enfin, jeune, plus tellement, j'avais presque cinquante ans et lui à peine moins, mais il était…

— Il avait du charme, imagine Lolita.

Jeanne a un petit rire d'adolescente.

— Oh, ça oui… Ça ne vous choque pas que je vous raconte ça ? Enfin, je veux dire…

Le silence avide des trois filles est éloquent.

— Bon, alors, je continue… Il s'appelait André, il était marié aussi, mais séparé. Il avait une grande fille, il la voyait de moins en moins… Enfin, notre rencontre donc. On attendait d'être encaissés, et ça n'en finissait pas, c'était vers la fin de l'année et on était tombés en pleine cohue, enfin bref, je m'embrouille, pardonnez-moi, je suis toute rouillée… Il m'a parlé, je ne sais plus, ce devaient être des banalités vous savez, mais certaines personnes arrivent à rendre magiques même de simples commentaires sur la météo… Et André était de ceux-là.

Elle se saisit de sa tasse de thé, la presse contre elle.

Lolita pourrait en pleurer.

Une étreinte fantôme.

Un élan de sincérité.

Un vœu muet.

— Il m'a fait rire, et alors qu'il me racontait sa vie et qu'il me faisait ses petites plaisanteries, je me sentais tellement…

— ... vivante, murmure Lolita.

— ... heureuse, soupire Iris.

— ... libre, complète Anastasia.

— Il m'a demandé mon adresse, et je l'ai invité à venir prendre le café chez nous, quelque chose de très convenable bien sûr, je prévenais Michel des visites d'André, en toute transparence, sans que jamais ça ne pose de problème, et je n'avais aucune mauvaise intention…

— Ça vous est tombé dessus, suggère Iris.

— On peut dire ça. Mais on l'a voulu, ah ça, on l'a voulu…

Elle s'égare un instant, embrasse ses délices envolés.

Ses auditrices se taisent, respectueuses, impressionnées.

— Nous nous sommes aimés, très fort, d'un coup, sans jamais penser à faire marche arrière ou à être prudents, nous nous sommes aimés vraiment, comme je n'avais jamais cru qu'il était possible de le faire… Et ça n'avait rien à voir avec un grand roman d'amour ou un film mélodramatique, non, c'était… c'était plus vrai. C'était nous, je ne sais pas, je serais incapable de l'expliquer, c'était mon autre moi, quand il me regardait… j'étais complète. C'était un bonheur comme je n'en ai plus jamais connu après lui.

Elle se redresse, se racle la gorge.

— Enfin, si je vous raconte tout ça, c'est surtout parce qu'un jour, je suis partie. J'ai fait ma petite valise de voyage, j'ai pris quelques vêtements, vraiment pas grand-chose, comme j'étais naïve, je pensais partir à peine quelques jours, quelques semaines tout au plus, le temps de récupérer, de souffler, de refaire mes réserves, avec André, loin, ailleurs, n'importe où. C'était vital, je me décomposais entre ma machine à laver et mon aspirateur, et les filles qui étaient encore à la maison et qui me demandaient tant d'efforts… Je suis partie. Ça a duré six mois.

— Six mois ? ne peut s'empêcher de répéter Anastasia, éberluée. Et personne ne nous a…

— Nous sommes une famille respectable, voyons, singe la vieille dame. Des choses pareilles n'arrivent jamais dans les familles respectables, et même quand elles se produisent, elles n'existent pas. On n'en a jamais parlé, Michel ne m'en a jamais touché le moindre mot, pas même pour me disputer… Je suis rentrée, j'ai fini par rentrer, après six mois de pure liberté, parce qu'il était temps, parce que je voulais que tout reste parfait entre André et moi, que je refusais qu'on commence à s'ennuyer, à s'en vouloir, à trop se connaître…

Anastasia se recroqueville sur elle-même.

Ça fait beaucoup à encaisser.

— Je voulais nous garder du mystère, murmure Jeanne. Alors j'ai mis un terme au voyage. On était allés jusqu'en Égypte, vous vous rendez compte ? C'était quelque chose… Et puis un jour donc, voilà, j'ai dit simplement à André, c'est le moment, et il a compris, il était d'accord. Nous avons repris l'avion, c'était doux, nous avons passé tout le vol à nous regarder sans rien nous dire, puis nous avons atterri à Paris, j'ai pris un train et lui sa voiture, nous sommes arrivés chez nous à deux jours d'écart, et nous ne nous sommes plus jamais revus.

Sa voix se brise.

— Jamais ?

— Jamais, répète-t-elle. C'était dur, bien sûr, mais c'était nécessaire. Nous avions nos responsabilités à assumer. Et ce que nous avons vécu ensemble suffit à remplir une vie entière d'un bonheur infini.

— Il t'a offert une petite éternité…, murmure Lolita.

— C'est exactement ça. Notre petite éternité. Et ce que nous avons eu ces six mois-là, cet été-là… C'était un grand, un grand et formidable vertige. Et il a eu une fin, la plus belle, la seule possible. Je vous souhaite de connaître cet infini-là, mes chéries.

La porte tremblote.

La pluie vient gratter à la fenêtre, invitée mélancolique d'une soirée hors du temps.

— Lorsque je suis toute seule, dans mon lit, dans mon fauteuil, face à un livre qui me tombe des mains, que je pense au passé, à mes douleurs, à ma fatigue, et que le visage d'André me revient à l'esprit, je me dis…

Ses yeux se ferment.

Ses traits s'allègent.

Sa voix bascule vers quelque chose d'infiniment tendre, d'indicible.

Quelque chose de sacré, de légendaire.

Quelque chose qui n'appartient qu'à elle.

Et elle conclut :

— Je me dis que c'était quand même sacrément doux, ma vie.

Le conciliabule de visages attentifs se trouble, s'émeut.

Trois jeunesses qui ne se laisseront pas briser, trois vocations en marche, trois déviances assumées.

Jeanne domine, matriarche comblée, figure de proue qui ne demande désormais plus qu'à être oubliée.

Elle partira, bientôt, bien plus vite que les filles ne le croient.

Elle glissera d'un monde à l'autre sans y penser, soulagée.

On pensera à elle comme aux journées d'été dont on se demande s'il n'aurait pas été possible d'encore mieux en profiter, avec cette joie simple à peine entachée d'une légère douleur.

Elle emportera avec elle la brise humide des soirées seule sur sa plage, le sourire d'André, les rires de ses petites-filles, et une pensée, une dernière.

Elle sera certes vieille pour l'éternité, mais elle aura toujours eu la certitude d'avoir été jeune.

Remerciements

Un immense merci à Pauline Ferney, qui a cru en moi, en mes histoires, en mes drôles d'idées, qui m'a constamment soutenue et orientée et grâce à qui j'ai pu commencer à dire de mon rêve qu'il allait devenir réalité. Un non moins immense merci à Céline Thoulouze, pour son regard infiniment précieux et le temps qu'elle a consacré à offrir aux *Déviantes* toute la puissance et la justesse dont je rêvais pour elles.

Merci à tous mes amis et amies qui me lisent depuis des années et qui n'ont jamais cessé de voir en moi une écrivaine en devenir, à ceux qui ont épluché mes premiers romans à l'heure où ils n'étaient encore que des fichiers Word. Merci à Philippine, la toute première ; à Gabrielle C., pour Cendrillon et les autres ; merci à Lina, Sasha, Claire A., Sarah, Gabriella, dont les encouragements sont les plus lutinesques du monde ; merci à Julie, qui pose toujours les bonnes questions ; à Jeanne, qui connaît la magie des mots ; à Tommy et son enthousiasme foudroyant ; à Pierre-Alexandre, qui a vu naître ce roman à l'époque où il était encore anonyme ; à Gabriel et ses histoires ; à Eva, à la confiance qu'elle me fait et à son papa Jean-Philippe pour ses conseils ; à Manon qui parle si bien de mon « livre » ; à Julien, Claire B., Pauline B., Rita, Tara, Enzo, Charles, Lucie et Allison.

Merci à Camille et Itagiba, pour leur relecture bienveillante et attentive.

Merci aux fabuleux Viktor, Gabrielle H.-R., Claire L., Zacharie, pour leur passion, leur contribution à la lutte contre ma tendance à la niaiserie, leur appui assez incomparable, leurs conseils pratiques, la foi qu'ils ont toujours placée en moi. Longue vie à la Crypte.

Merci à Tibo Bérard, qui a toujours pris le temps pour moi.

Merci à Pink Floyd, David Bowie et Radiohead.

Merci à Françoise et Badane, qui m'ont mis les livres de la Bibliothèque rose entre les mains, et à ma mère qui a toujours veillé à ce que j'aie de nouveaux ouvrages à découvrir.

Merci à tous les proches qui m'ont encouragée sur mon drôle de chemin littéraire.

Merci à tous mes lecteurs et lectrices, pour le temps qu'ils accordent aux personnages qui vivent dans ma tête.

Éditions Belfond
92, avenue de France
75013 Paris

Canada :
Interforum Canada, Inc.
1055, bd René-Lévesque-Est
Bureau 1100
Montréal, Québec, H2L 4S5

ISBN : 978-2-7144-9400-9
Dépot légal : août 2020

Composition et mise en pages
Nord Compo à Villeneuve-d'Ascq

FSC
www.fsc.org
MIXTE
Papier issu de
sources responsables
FSC® C003309

Achevé d'imprimer en avril 2020
par Normandie Roto Impression s.a.s.
61250 Lonrai
N° d'impression : 2001480

Imprimé en France